FLORET

READING

小花阅读

我们只写有爱的故事

青春阅读　幸得相见

九歌 | 小花阅读签约作家

慢热，严重拖延症，间歇性抽风症患者。

时而文艺小清新，时而重口味接地气。

放荡不羁爱撸发簪的汉服同袍、资深吃货。

深度中二热血少女，热衷于写打打杀杀大场面，然而总被提醒，你在写言情。

伙伴昵称：九妹、999

个人作品：《彼时花胜雪》《请你守护我》《三千蔬菜入梦来》

三千蔬菜入梦来

FLORET

READING

▼

九歌 著

【美好时光列车】系列06

天噜，妖王变成土豆被除妖师拐走啦！
哪怕活了一千五百年，我们这也才是初恋！

贵州出版集团
贵州人民出版社

《弥弥之樱》

笙歌 / 著

标签：我的青梅竹马不可能这么可爱 / 黑到深处是真爱 / 别家的孩子

有爱内容简读：

"是时候告诉大家了，其实我就是他的女朋友。"

喜欢你多久了呢？

从你刚刚那样子亲吻我；从你坐在对面教学楼，我们隔着一个小广场的距离相视而笑；从我们每次回家的时候，你让我靠在你肩膀休息；从你隔着被子把我抱在怀里哄我起床的时候……

我想起过往的点点滴滴，才确定，如果是命运的安排，那我睁眼看到你的第一眼起，就注定要喜欢你。

《路途遥远，我们在一起吧》

姜辜 / 著

标签：温柔又毒舌的面瘫入殓师 / 元气朝气的警队甜心 / 高甜预警

有爱内容简读：

"从第一次见面起，我就觉得你的眼睛很亮，你也很好看。"

"知道了。"莫名地，江棉就开始泪如雨下，"我知道了，阿生。"

阿生，我喝完这杯水了，嘴里的薄荷味很浓，冰箱也依旧在嗡嗡作响。

大概还有三个钟头天才会慢慢地亮起来，可是从这一刻起，我就已经开始想你了。

所以，阿生——其实每次这么叫你，都会让我的心变得潮湿和柔软。

那么阿生，明天见。

《请你守护我》

九歌 / 著

标签： 磨人总裁大大 / 千年芙蓉妖 / 整个妖生都崩溃了 / 契约情人

有爱内容简读：

具霜盯着他的眼睛看了很久，终于面色舒展，呼出一口浊气："我认输了。"

她全然放弃了去挣扎，让自己在他眼中的星海里沉沦。

语罢，她又突然弯起嘴角笑了笑："可是我们来日方长，总有一天我会斗赢你。"

就这样吧。

没有什么需要去躲避，她不怕，她什么也不怕。

看着她唇畔不断舒展绽放的笑，方景轩嘴角亦微微扬起："那么，请你守护我，我的山大王。"

具霜脸上笑容一滞，反复回味一番才恍然发觉方景轩这话说得不对，旋即恶狠狠地瞪向他："啊呸！我才不是山大王，叫我山主大人！"

方景轩眼角眉梢俱是笑意："哦，山大王。"

具霜气极，一拳捶在方景轩胸口上："都说了不是山大王！"

《听我的话吧》

鹿拾尔 / 著

标签： 平台人气主播 / 冰山异能少年 / 鬼知道我经历了什么 / 危险恋爱

有爱内容简读：

说起来，我一直觉得你很像一个人。

一个见证了我前二十多年里少见的一次出糗的人。

命运捉弄的重逢后，又想用一辈子珍之重之妥帖收藏的人。

聂西遥将薛拾星紧紧搂在怀里，低笑。

"我已经牵连了你……薛拾星，我答应过，如果你遇到危险，我都回来救你，不管怎样我都会来救你。"

"聂西遥……"薛拾星的眼泪一下子流出来。

他呼吸很重，一下又一下打在薛拾星的脖颈处，但眼底一片平静。

"我会用我的一生保护你，你……信不信我？"

《顾盼而歌》
晚乔 / 著
标签：腹黑大明星 / 隐藏迷妹 / 超能力 VS 免疫超能力 / 假装恋爱

有爱内容简读：
我不太会表达，特意学了一句情话，想说给你听。
那句话是基地里边，他找到的那位前辈的笔记本上首页记着的。
纸张泛黄，墨迹略有褪色，唯独那个句子，他一看见，就想说给她听——
我所能想到最美好的事情，夏天的冰激凌，秋天的大闸蟹，冬天大雪漫漫，
糊了一窗户雾气的火锅。
还有，开春时候，你的吻。

《三千蔬菜入梦来》
九歌 / 著
标签：吃货萝莉 / 腹黑除妖师 / 活了一千五百年才初恋 / 妖王她是个土豆

有爱内容简读：
千黎不知不觉就弯起了嘴角："我倒是对你更感兴趣。"
李南泠不禁打了个寒战："女孩子家家的，别笑得这么荡漾。"
她的声音仿佛有着蛊惑人心的力量，让盘踞在李南泠脑子里挥之不去的声
音陡然间全部消散，他将那柄槐木剑高高举起，只一剑下去，所有锁链皆
应声而断。
他脑子里也仿佛有根弦就此断去，无数记忆碎片蜂拥而至，如潮水一般涌
来，纷纷灌入他脑子里。
渐渐地，那些碎片交汇拼凑成一幅幅完整的画面，犹如放电影般在他脑海
里一帧帧跳跃。
他在这短短一瞬之间，仿佛又重新经历一世轮回……

作者前言

写这篇前言的时候，我还在赶稿，离完结至少还差四万字。

这是一篇写得无比纠结以及忐忑的稿子，一万字以上的开头起码写了整整四次，加在一起统共超过六万字。大概又是我的强迫症犯了吧，不写到自己满意，绝不罢手。

在轮番接受几次思想教育后，我果断夸下海口，信誓旦旦地表示自己十二号一定能完稿，最终结果自然是被现实毫不留情地扇了一巴掌。

当时的计划很美好，心里想着，国庆假有七天之久，背着电脑回去天天码字岂能不完稿？

这个计划是在再次见到爷爷时落空的。

爷爷的病越来越严重，已经到不吃止痛药无法下床的地步，原本有些富态的脸瘦到两颊深陷。

那天是爸爸特意开车来长沙接我回去的，路上太堵，一路磨磨蹭蹭，临近晚上十二点才抵达爷爷家。

爷爷向来都睡得很早，那天硬是坚持要等我们回来。推开大门的一瞬间，我甚至能听到他从床上弹起的声音，衣服都来不及穿，他就冲了出来，不停地说："终于回来了，终于回来了，回来就好，回来就好。"

那一刻，我才发现，爷爷竟然变得这么瘦，像是一张蜡黄的皮包住了骨，风一吹就会倒似的。

心像是被什么东西狠狠攥住，莫名地难受。

我从来就不是招长辈喜欢的那一类，不懂撒娇、嘴不甜、学习成绩也不好，在一众兄弟姐妹里永远都是被忽略的那一个，唯有爷爷才是真正疼爱我的人。

他会拍着我的脑袋，一本正经地说："别人怎么了？我孙女才是最好的。"

他会在别的长辈指着我鼻子说"不好好读书，整天瞎写，能写出什么东西"的时候大发雷霆，他会说："我孙女怎么就写不出东西了？我以前读书也最喜欢语文，作文还总得高分哩，这不也是在搞学习啊！"

他会偷偷翻看我写完后藏起来的故事，然后又自投罗网，笑眯眯地说：“你这写的是长篇还是短篇呀？写得不错嘛。”

……

原计划里的前言依旧是想与大家分享欢脱的小花二组，永远都在厕所里讨论晚上吃啥……却莫名其妙就写成了这个，可不写又会难受，心里堵得慌。

最后，谢谢大家听我唠叨这么多，愿你们能够喜欢我笔下的这个故事。

九歌

一千年太长
只愿此生可以共度朝夕
SANQIANSHUCAI
RUMENGLAI

三千蔬菜入梦来

目　　录
Contents

三千蔬菜入梦来

目　录
Contents

三千蔬菜入梦来

目　录
Contents

李南泠十二岁那年，师父不知道从哪儿弄来一颗土豆，他瞒着所有的人，特意找了个黄道吉日将它埋了起来。

　　待师父填好坑，走了将近十分钟后，在灌木丛里蹲守多时的李南泠方才贼兮兮地跑了出来，趴在那坑前看啊看。

　　尚未研究出个所以然来，坑底忽而传来个嚣张跋扈的软糯女声："贼老头，等姑奶奶伤好了，看我不弄死你！"

　　师父这辈子从未正经过，却对自己的徒弟们管得很是苛刻严厉，这都二十一世纪了，还非得整些封建残余的玩意儿来"荼毒"自己徒弟。一个个小小年纪的，不是被他折腾成迂腐古板的书呆子，就是在成为书呆子的路上拔足狂奔。

李南泠倒是个例外中的例外，也正因此，他家师父才会对他这熊孩子既爱又恨。

听到这声音，李南泠先是一愣，旋即缓过神来，不禁眉开眼笑："你是……那颗土豆？"

沉默少顷，那个软糯女声又从坑底传来，依旧是那副嚣张、脾气火暴的模样："啊呸呸呸，你才是土豆，你全家都是土豆！"

"噗——"李南泠分明就被那土豆气急败坏的样子给逗乐了，却还要强忍着装矜持。

这孩子倒是有两把刷子，才与那土豆对上，就彻底摸清了她的性子，开始装模作样地套话："你既然不是土豆，那又是什么呢？"

李南泠不问倒好，一问那土豆越发傲娇，即便是隔着一层黄土，他都能想象出那幅极具喜感的画面，只听那土豆一声冷哼："哼！宵小之辈还妄想知道本座名讳！"还别说，乍一听还真有那么几分气势，倘若没这么奶声奶气，倒也能唬唬人。

这下，李南泠面上笑意更深，却依旧四平八稳，不曾流露出一丝一毫的情绪："既然你不肯说，那我就只好喊你土豆咯。"说这话的时候，他刻意变了声调，仔细一听，竟然还有几分委屈，只差两手一摊，配上一行大写加粗的黑体字——是你自己不肯说，怪我咯？

土豆越发气愤，才不管那个凡人委屈不委屈，张嘴就来了句："我若是喊你一声人，你敢答应吗？！"末了，又降下声调，补了句，"哼，反正你也只是个人。"

"好呀——好呀——"李南泠眉眼弯弯，笑容温润且纯真，好似那拂过脸颊的三月杨柳风，"那以后，我喊你'土豆'，你喊我'人'？"

"哎，你这人怎么这样呀……"这下土豆真是没辙了，纠结了老半天，终于妥协。然而，她才不会承认自己向这个傻乎乎的凡人低头了哩。假使她现在有眼睛，恐怕早就将白眼翻破了天际。

"愚蠢的凡人，你可得仔细听清楚了，本座名唤'千黎'！"

李南泠流露于脸上的笑意渐渐渗入眼睛里："我是李南泠，木子李，夜来南风起的南，愿乘泠风去的泠。"

被自家师父酸腐之气熏陶近十年的李南泠又怎么晓得，被埋在坑里的那货压根就是个文盲，大字都不识几个，还指望她能逐字逐句记住那些并不常见的诗句?

"……"

沉默许久，坑里头终于再次传来土豆闷闷的声音："这都什么跟什么呀！"

彼时的李南泠尚不知晓，这段匪夷所思的偶遇彻底改变了他的人生轨迹。

当年夏天，师父留下一卷残破羊皮纸，就此人间蒸发。

羊皮纸几经转折，最终落入李南泠手中。

命运的齿轮，就此转动……

菏泽卷

一、没有人知道那座空中陵墓里究竟埋藏了什么东西，这个秘密一直由历届神女口口相传，从未透露给外人。

佘念念做了个梦。

梦里，她依旧是那个端坐莲台之上、面无表情地接受族人跪拜的神女。

享受无上尊崇，却从有记忆开始，再无喜怒哀乐。

她是家族的希望，族人的信仰，生来就已注定，她终将替整个家族，乃至所有族人而活。

直至那一天，他的出现……

梦中那张脸，模糊到叫人看不真切。

她下意识地伸出手去抚摸，微凉的指尖却倏地穿过濡湿的雾气。

她尖叫着从梦中惊醒，和往常一样，习惯性地转身去拥抱枕边人，却又是一场空。

窗外清风徐来，悬挂在阳台上的风铃被撞击得"丁零"作响，她翻身下床，赤足踩在铺着柔软地毯的地板上怔怔发着呆。

风铃声渐止，再无任何声响在她耳畔回荡，夜显得格外寂静，连窗外微风拂过树梢的声音都已停却。

佘念念不明白自己为什么会突然站在这里，只觉脑袋昏昏沉沉的，仿佛有千斤重。

佘念念的意识被一阵急促短信提示音拉回，她匆匆忙忙地从床头柜上拿起手机，才发觉自己收到一条来自陌生号码的彩信。

换作平时，她绝不会搭理这些陌生号码，现在她竟鬼使神差地点开了。

图片加载完的一瞬间，仿佛有无数根寒冰凝结而成的牛毛细针齐刷刷地往她毛孔里扎，本就混沌的脑袋顷刻间犹如被撕裂开一般剧痛。她的双手开始止不住地颤抖，甚至连手机都要拿不稳，"啪"的一声，手机砸在厚实的原木床头柜上，余音在空旷的卧室中沉沉回荡，狠狠搅碎那令人窒息的静。

那是一张污秽不堪的照片，即便只有一个模糊不清的侧面，她也能轻易认出，那本是日日与她相伴的枕边人。

她双手颤抖着将手机捡起，划开锁屏，下意识地拨出那串熟悉到不能再熟悉的号码。

她拨了一次又一次，电话里始终传来忙音，显然何凌云并不想接她的电话。

她的脑袋越来越重，撕裂感逐渐加剧，渐渐地，她感觉仿佛有台小型搅拌机不停地在脑子里搅拌，再也无暇去搭理彻夜未归的何凌云。她抱着脑袋，面目扭曲地蹲在地上。

也就是在这个时候，她再度听到了那个犹如鬼魅的声音：

"你又被抛弃了吗？哈哈哈……"

那个声音仿佛离自己很远，又似极近，像漂在水面一般虚无，叫人捉摸不定。

佘念念仍维持着那个以手抱头的姿势，眼睛里却蹿起了令人心悸的杀气："我知道是你。"

余音未落，人已跌跌撞撞地冲到梳妆台前。

灯光骤然一亮，圆弧形镜面反射出的影像猛地闯入她的眼里。

远山眉、杏仁眼、心形脸，明明是她的脸，又分明不像她。

某一瞬间，镜子里的她神情突然变得妖异至极，那个声音又恰恰好在这时候响起："你倒是克制得好自己的情绪，三个月未见，甚是想念。"说到这里，那个声音突然停顿，止不住地大笑起来，"哈哈哈哈哈——哈哈哈哈——我感受到了，你很生气，对！就这样发泄出来吧！不要压抑自己！"

镜子里的她仍在癫狂大笑，坐在镜子前冷眼注视一切的她突然起身，抄起椅子，猛地往镜面砸去……

小念云小心翼翼地推门而入的时候，佘念念犹自抱着膝盖蜷曲在梳妆台下。

房中一片狼藉，所有能照出影像的物品皆已经被佘念念砸烂，整间卧房杂乱得犹如废品回收站。

佘念念已不是第一次失控。

懂事的小念云从抽屉里翻出纸巾，一点一点地替佘念念擦拭掉尚未干涸的泪水，她终究还是忍不住呜咽出声："妈妈，别怕，妈妈别怕，念云在这里。"

直至听到小念云的声音，佘念念才恍然惊醒，她猛地将念云小小的身体揉入怀里："念云，妈妈只有你了，妈妈只有你了……"

念云再懂事也不过是个未满六岁的孩子，如此懵懂的她又怎会明白佘念念话中所蕴含的意思。她一边轻轻拍着佘念念的背，一边天真地说："不会呀，还有爸爸呢，爷爷奶奶也都在呀。"

佘念念身体突然一僵，却一如从前，依旧什么都没讲。

夜再度回归宁静。

轻柔的风轻轻拂过窗外树上的每一片树叶，发出幼蚕啃食桑叶般细碎的声响。

静了足有一刻钟的小念云突然指向窗外，声音颤抖："妈妈，妈妈，那里有个穿红衣服的小姐姐！"

尖叫声再度划破夜的宁静。

首先闯入佘念念视线的，并非女儿所说的穿红衣服的小姐姐，而是一棵水灵灵的大白菜，它"咕咚咕咚"自窗口砸落，一路朝母女俩所在的方向滚来，最终停在两米开外。

佘念念尚未搞清楚状况，接踵而至的是一抹如血的艳红，那似乎是个古装打扮的长发少女。她出现的一刹那，路边恰好有辆车朝这个方向驶来，刺眼的车灯打在红裙少女身上，让人一时间看不真切虚实。

直至那辆车驶远，少女身上没了刺眼的灯光，佘念念才得以看清她的长相。

她看上去也就十六七岁的年纪，好是好看，眉眼距离却生得太近，美貌之余又无端给人一种咄咄逼人的感觉。所幸她年纪尚小，脸上还存有婴儿肥，肉乎乎的脸蛋倒增添几许娇憨，化去几分凌厉。

少女气势太强，从出现到现在，仿佛时时刻刻都在向外释放着威压。在她面前，佘念念甚至都不敢开口说话。

少女出现后所做的第一件事竟是弯腰捡起那棵白菜，而后，她方才面无表情地一步一步朝佘念念走来。

距离佘念念母女尚有一米距离的时候，她才霍然停下步伐，甩给佘念念一封信。

佘念念犹自困惑着，那始终板着一张讨债脸的少女终于开口说了句话："明天下午两点半，听风茶楼蜡梅包间。"

少女离开已有半个小时，而佘念念亦盯着手中微微泛黄的信纸发了近半小时的呆。

小念云捏了捏她的手，一脸急切地喊了声"妈妈"。

仿似如梦初醒的佘念念揉了揉小念云毛茸茸的头发，弯了弯嘴角，勉力一笑："妈妈今晚和你一起睡。"

自从有记忆以来就一直独自睡觉的小念云眼中虽透出深深的疑惑，却依旧乖巧地扬起了嘴角"好呀，好呀，好久没跟妈妈睡啦。"

佘念念一手牵着小念云，一手揉了揉自己紧绷的太阳穴，缓缓闭上了眼。

她本以为自己异族神女的身份可以一直隐藏下去。

奈何天意弄人，该来的终究要来。

翌日下午两点半，佘念念准时抵达听风茶楼。

穿长款旗袍的服务员一路引着佘念念到二楼蜡梅包间门前。

门被打开的一瞬，首先映入佘念念眼帘的是个怀里抱着棵大白菜的红衣少女，正是昨天突然闯入她家的那位。

红衣少女实在太过醒目，任谁都无法忽略她的存在，相较于她，另一位低头泡工夫茶的短发女孩就低调得多，虽然不似红衣少女那样璀璨夺目，一身气度却令人不敢忽视。她静静地坐在那里，用雅致如兰来形容也不为过。

佘念念足足在门口站了近半分钟，那低头泡茶的少女才抬起头来，嘴角噙着笑，朝她微微颔首，示意她进包间。

佘念念又是一愣，片刻以后方才走了进来。

当短发"少女"整张脸都呈现在她眼前的时候，她竟不敢确定，那究竟是不是个女孩了。"少女"的面部线条虽柔和，却怎么看都觉得少了些女孩子该有的脂粉气，也并无红衣少女那种咄咄逼人的英气，整个人就像翡翠般温润，佘念念脑袋里不禁闪现出"美人如玉"四个大字。

即便是佘念念落了座，都没一个人率先开口说话。

短发"少女"沏了一盏茶，姿态优雅地推至佘念念面前。

佘念念道了一声谢，并未掀起茶盖喝，垂着脑袋盯了茶盖半晌，终于抬起眼帘，望向坐在自己对面的短发"少女"。

"敢问贵姓？"这是佘念念斟酌许久，说出的第一句话。

"免贵姓李，神女称在下南泠便可。"

这下佘念念算是百分之百确定坐在自己对面之人的性别，他声音意外地好听，清却不冷，令人不禁想起高山之上的清泉叩石之音，和他的气质十分相衬。

佘念念犹自想着接下来该说什么话，李南泠就已经微笑着递出一张名片："不知道你可曾听过 Z 组织？"

短短一句话，便让佘念念遍体生寒，整个人如同触电一般从红木椅上弹起，转身就要冲出去。

她还没走出几步，前方便有密密麻麻的藤蔓飞驰而来，在她身前织成一张密不透风的网，挡住她的去路。

她被这异象吓得面色苍白不敢动弹，李南泠慢悠悠地放下茶壶，脸上仍挂着和煦如春风的笑意，宽慰道："别担心，我们不会动你。"

像是为了证明自己并无敌意，他还刻意在佘念念转头望过来的时候晃了晃手："你看，我连斩空都没带，又谈何想伤害你？"

先前只是出于本能反应，一听到"Z"这个字母就想逃离，等到那股子冰冷的寒意一点一点从身上褪去，佘念念才逐渐恢复冷静。

即便没有李南泠提示，她也清楚，他们将自己约来定然是别有目的，否则凭那红衣少女的能力，自己早该丧命。

想通一切的佘念念又重新回到了座位上。

才落座，那堆藤蔓就在顷刻之间被红衣少女收回体内。

目睹这一切的佘念念不禁瞪大了眼睛，望着从头至尾都板着张讨债脸的红衣少女。

"你……你是真正的妖族？！"

当今社会灵气稀缺，天地间再也生不出真正的妖，一种吸食"贪、嗔、怨"而生的新型妖魔开始大量滋生繁衍，由此便有了背负斩空剑、斩杀盘踞在人类心中妖魔的组织"Z"。

佘念念之所以变得这么异常，也正是因为她身上寄居了妖魔。而她又与平常人不同，平常人决计察觉不到妖魔寄生于自己身上会发生怎样的变化。平常人若被妖魔寄生，大脑和意识会渐渐被寄生在自己体内的妖魔所吞噬，直至枯竭，身体完全被那寄生的妖魔所支配。

斩空剑只对那些寄生于人身的妖魔发挥作用，倘若平常人被妖魔寄生，一剑下去，妖魔化作黑烟散去，人依旧能活，只不过身体大有折损，且会忘掉自己被妖魔寄生的那段记忆。

佘念念体质特殊，原本就是异族五十年才出一个的神女。而今的她几乎可以说是与体内的妖魔处于一种共生的状态，妖魔死，她也活不下去，所以一定不能用寻常方法轻易除去她体内的妖魔。

这也正是她一听到"Z"就下意识想逃的原因。

李南泠做了个嘘声的手势，半是开玩笑半是认真地调侃着："你声音小些，小心被别人发现了。"语罢还朝佘念念眨了眨眼，俨然一副纯良模样。

佘念念缓缓呼出一口气，不准备再与他们折腾下去，开门见山地问道："你们究竟有什么目的？"

李南泠已然换了个舒适的姿势，单手支颐，像只慵懒的猫儿般惬意，连说话的声音都变得懒洋洋的："我们不过是想要一把钥匙而已。"

闻言，佘念念又变了脸色。

她本是天定的异族神女，神女之职，除却要像尊活菩萨似的供人跪拜外，还有一项极其重要的职责，那便是守护建在洛子峰上的空中陵墓的钥匙。

没有人知道那座空中陵墓里究竟埋藏了什么东西，这个秘密一直由历届神女口口相传，从未透露给外人。

佘念念久久不曾回复，李南泠温润的声音再度响起："虽有些唐突，在下却不得不提醒你，我们至多给你三天的时间权衡其中的利弊关系。"稍作停顿，他脸上又浮起暖如春风的笑意，"望三天后能得到你的答复。"

佘念念离开了。

李南泠端起茶细细抿了一口，苦得眉心都要皱成一团。

一直都未开口说话的红衣少女搁下始终抱在怀里的大白菜，没好气地白了他一眼："你就这么笃定她三天后会来找你？"

李南泠从衣兜里翻出方糖和奶精，统统丢进紫砂茶壶里，连着茶叶一同搅成了一壶奶绿色的液体。直至做完这些，他方才抬起头来，笑眯眯地说："不知道呀，可电视剧里都是这样演的，不是吗？"

红衣少女听罢，暴冲而起，一拳砸在红木桌上。

被她砸中的地方有一块明显的凹陷，她像只饿虎般逼视着李南泠，鼻尖都快要与之相碰撞。李南泠却依旧一脸淡然地喝着自制的绿色奶茶，半是开玩笑地说："唔，这次力道控制得不错，桌子没裂，用东西盖着，服务员应该不会发现，终于不用再赔钱了。"

红衣少女咬牙切齿，简直想要一口咬掉他挺翘的鼻尖。

他慢悠悠地喝完一杯，弯起眼睛揉了揉少女毛茸茸的脑袋：
"别急，别急，快看服务员端什么好吃的来了。"

最后一个字才从舌尖抵出，包间的门便被人从外推开，食物
的香味霎时间在包间里漫开。

怒火顿时被浇灭，红衣少女哼哼唧唧地坐了下来，再也顾不
得别的事，专心致志地扫荡桌上的美食。

**二、李南泠笑眯眯地说："我们的目的依旧是钥匙，至于
信任这种东西，时间自然会告诉你。"**

三天后。

送完小念云去幼儿园的佘念念才到家，就看见李南泠笑眯眯
地蹲在自家门口逗狗。

狗是邻居家经常钻围栏逃出来遛弯的小拉布拉多，它总喜欢
围在她家院子外乱转。

佘念念不禁脚下一顿，因过度紧张而绷紧了身子。

她完全不知道该如何开口，去与那个看似温柔的少年交谈。
而李南泠从始至终都蹲在那儿替小拉布拉多顺毛，一副完全没发
现她靠近的模样。

佘念念一时间陷入了进退两难的境地，扭头就走也不是，继续往前走……她似乎也没这个勇气。

在佘念念犹豫不决之际，院子里忽而传来阵阵细微的动静。

一张讨债脸的红衣少女又以一种匪夷所思的方式登场，全身弄得像是刚从泥潭里爬出来似的，怀里依旧抱着棵白菜。一眼看去似乎还是那棵白菜，只不过和前两次相比，似乎又有些不同。如果说前两次见面的时候，那白菜还是死的，那么这一次见面，白菜像是已经活了过来，它在红衣少女怀中不停地抖啊抖，佘念念一时间闹不明白究竟发生了什么。

被李南泠顺毛顺得直翻肚皮的小拉布拉多终于察觉到佘念念的靠近，"唰"地一下翻过身，直奔佘念念身边，围着她蹭啊蹭。

李南泠亦起身，遥遥立在门口，笑颜如同声音一般温柔："回来了？"

听到这个声音，红衣少女不禁小手一抖，一个不留神就拽断了一片白菜叶。原本只是在她怀中低频率抖动的白菜像是抽风似的猛地抽搐两下就没了动静。

佘念念并未立即接李南泠的话，只见红衣少女气势汹汹地将那白菜掰断，塞进李南泠手中，冷着音调说："今晚炒给本……我吃了！"

目睹了这一切的佘念念终于缓步上前，刻意压低了声音望向李南泠："很抱歉，我无法交出那把钥匙。"

她甚至都做好了与他们抗争到底的准备，谁知李南泠又不按常理出牌，非但不似预料中的那般与她撕破脸皮，反倒一脸无辜地朝她眨巴眨巴眼："我们今天来找你，并不是为了钥匙的事，而是希望可以在你这里借住一段时间。"

佘念念惊呆了，看着李南泠，就像是在看一个荒诞离奇的笑话。

他们之间的关系就好比猎人与猎物，两者相遇，猎物没夹起尾巴逃跑就已经是不合常理了，这个猎人现在却说，让猎物收养自己一段时间。

这种事简直不亚于天方夜谭！

佘念念只不过露出一瞬间的犹豫，李南泠便已猜出她的心事。

他面上笑意不减，永远都是一副温良无害的模样，就连说出的话，都让身为猎物的佘念念生出一种他真是在为自己考虑的错觉。

"你身上既然依旧寄居了妖魔，我们便不能对你放任不管。"

佘念念刚要开口反驳，李南泠又笑眯眯地补了句："即便你是异族神女，你也越来越控制不住自己了，不是吗？更何况……"说到这里，他别有深意地对上佘念念的眼睛，"自从你的孩子降世后，你的灵力就在逐年消退，否则，以你的本事，又岂容得下晚辈在你眼前晃荡这么久？"

李南泠挂在面上的笑容从头至尾都未改变，佘念念看在眼里，只觉遍体生寒。

她本以为自己隐藏得够深，却没想到还是高估了自己。

瞧两人站在原地叽叽歪歪磨蹭这么久，红衣少女板着脸戳了戳李南泠的胳膊："你们俩究竟还要磨蹭多久？"

李南泠轻拍红衣少女气鼓鼓的脸："别急，马上就好。"

他的视线转移至佘念念身上，只是这次，他笑容里明显掺杂着别的东西："说起来，你大抵是忘了，你还有一个即将上小学的女儿。"

佘念念心底发凉，根本来不及思考，身体就已做出反应，一改先前的软顺，满脸警惕地瞪着李南泠："你们想要做什么？"

李南泠面上波澜不惊，说话的语气甚至还带着几分无辜："在下只是给你提个醒，你现在的状态着实算不上稳定，万一不小心失控……你的小念云年纪又如此小……"他的话说得不甚完整，想要表达的东西却已完整地传递给佘念念。

李南泠所说不假，这也是佘念念如今最担心的问题之一。她虽摸不清李南泠等人的底细，理智却告诉她，或许她可以尝试与他们合作，更何况，她如今没有说"不"的权利。

她幽幽叹了口气，终于做了决定："告诉我，你们究竟有何目的，还有，凭什么让我信任你们？"

李南泠笑眯眯地说："我们的目的依旧是钥匙，至于信任这种东西，时间自然会告诉你。"

红衣少女被李南泠最后半句话给酸得直翻白眼，越发没了耐性，她鼓着脸戳李南泠的胳膊："我说，你们究竟要在门口磨蹭到什么时候？！"

李南泠揉揉红衣少女柔软的头发，笑意直达眼底："小千黎别生气，咱们马上就进去。"

当天晚上是李南泠下的厨，他果真把那棵白菜炖成了汤端给千黎喝。

佘念念对两人仍留有戒心，小念云倒是很快就与李南泠打成了一片。至于千黎，她眼睛里只有餐桌上的食物以及佘念念庭院中那半院子的蔬菜。

临近半夜，独自缩在房间里折腾一棵新白菜的千黎又饿了，她趿着拖鞋，摸进厨房找东西吃。

与厨房隔着一整个餐厅的客厅传来动静，仔细听去，像是佘念念说话的声音："你究竟有没有在外边偷腥与我无关，但是你给我记住一点，别让那些脏东西找上门来，否则别怪我不客气。"

明明客厅里站了两个人，从始至终却只听到佘念念一个人的声音。

另外一人始终保持沉默，佘念念像是彻底死了心，即便千黎此时此刻看不到她的脸，也能从她声音中听到一丝倦意："赶紧拿着你的东西滚！"

那人不曾有哪怕一丝一毫的犹豫，几乎在佘念念开口的一瞬间，就关门走了。

屋外响起汽车的引擎声，一束灯光透过透明的落地窗打进厨房，照亮千黎藏匿在黑暗中的身体。正准备关灯上楼的佘念念恰好看见这一幕，两人就这般尴尬地对上了眼，气氛变得格外微妙。

佘念念本就心情不好，又这么一直被千黎盯着看，说话自然就有些不客气，竟有几分迁怒于千黎："看什么看！"

千黎今晚却出乎意料地乖顺，非但没多毛，反倒张嘴就来了句："我饿了，来找吃的。"

她这话说得那叫一个理直气壮，一副除了吃的，啥都入不了她法眼的模样。

佘念念像是魔怔了一般，明明别人说的是来找吃的，她却絮絮叨叨不停地说："那女的有什么好，他居然说要和我离婚？嗬，眼光真是越来越差，就那种脸大如盆、头大如斗、长得跟牙签插肉丸似的小贱人也敢拿来跟我比！"

千黎自然是接不上佘念念的话。

处于暴走边缘的佘念念越发气愤，又指着千黎鼻子怒斥："你又看什么看！"

千黎叹了口气，强行压制住自己的怒火，声音幽幽的："你还没告诉我，哪里有吃的？"

佘念念当即被这话怼得愣在了原地，千黎毫无波澜的声音再度响起："别哭了，眼睛会肿。"

佘念念这才后知后觉地发现，泪水浸湿了她整张脸。

第二天上午将近十点钟的时候，门外来了个不速之客。

千黎背了张小板凳坐在院子里晒太阳，突然看见一个日系打扮的小姑娘挎着包在院外鬼鬼祟祟地瞎晃悠。

千黎瞥她一眼，她又立马将视线收回，仿似先前不过是不经意地朝院子里看了一眼罢了。

千黎没打算理会她，继续倒腾一根新摘下来的老黄瓜，那小姑娘却像是下定了决心一般，挺直了腰杆跑来敲门。

千黎眼皮子都没抬起，冷冷地吐出四个字："有话快讲。"

那小姑娘显然没料到千黎会这么冷漠，忸怩了老半天，才吞吞吐吐地说："麻烦替我转告佘念念，今天下午四点，锦绣广场B座大门见。"

短短一句话，直叫千黎眉头拧成一团，她最讨厌那些有话不好好说，非得大着个舌头装娃娃音的女孩。即便如此，她仍抬起眼帘，正眼瞧了那小姑娘一眼。

毫不夸张地说，只一眼，她就瞧出那小姑娘定然是佘念念昨晚吐槽的对象。

果真是应了佘念念那句话，虽还没夸张到脸大如盆、头大如斗这种地步，倒也完全符合牙签插肉丸这话。

眼前的小姑娘虽也算得上好看，只是那夸张的头身比例着实令人惊叹。

千黎没说话，小姑娘权当千黎已然默认，于是飞快地跑得没影了。

千黎一人独坐小板凳上摸着下巴啧啧称奇："还真是脸大如盆、头大如斗啊……"

千黎犹自念叨着，佘念念就已经开门走了出来，恰好听到"头大如斗"四个字，下意识地挑了挑眉。

千黎瞧佘念念迎面朝自己走来，完整地将那小姑娘的话转述给佘念念听。

她说话本就傲气，同样的话语从她嘴里说出，无端就多了几分挑衅的意味。

佘念念冷着声调问："那人是谁？男的还是女的？"

千黎托腮沉思许久："女的，就那个大头。"

三、大头姑娘被伤成这样固然可怜，可佘念念一个完整的家被拆得七零八落难道就不可怜？

临近下午六点，佘念念都还没回来。

李南泠颇有些担忧地望了眼堆积在天边的彩霞，揉揉千黎的脑袋，半是调侃半是担忧地说："小千黎，你担心佘念念吗？"

千黎面无表情地拍掉李南泠的爪子："只要她不被 Z 发现，没有什么好担心的。"

是倒是这个理，李南泠今天却无故感到心悸，被千黎拍开的爪子又悄无声息地摸了回去，一边揉着千黎蓬松的头发，一边感叹："但愿什么都不会发生，一切都只是我想太多。"

"多"字才从口中溢出，千黎又一巴掌拍掉他的禄山之爪，气势汹汹地吼道："爪子拿开！"

临近七点的时候，天黑得只剩一线光，小念云背着粉红色的小书包逆着光，一步一步走来。

李南泠从烤箱中端出一大盘热乎乎、甜腻腻的樱桃派，门铃声在他放下樱桃派的一瞬间响起，他与坐在桌前、准备大快朵颐的千黎对视一眼，赶紧脱掉手套去开门。

门外是眼圈微红、却紧咬着下唇不让自己哭出声的小念云，甫一看到李南泠就猛地扎进了他怀里，声音软软的，带着一丝哭腔"今天妈妈没来接我，老师给她打电话，却总是打不通。南泠哥哥，你知道妈妈在哪里吗？"

李南泠眸色一暗，终于意识到事态不对，垂着眼帘思索一番，立即就想出安抚小念云的话语："都怪南泠哥哥记性不好，你妈妈今天有事出了趟远门，原本是让南泠哥哥去接小念云的，可南泠哥哥忘记问小念云就读的幼儿园地址，你妈妈手机就没电了。"

小念云这才止住了哭意，瞪大了黑葡萄似的圆眼睛："真的吗？"

"当然是真的——"李南泠双眼弯成了月牙儿，"为了补偿小念云，南泠哥哥做了好多好吃的。"

话音才落，立即传来千黎的吆喝声："赶紧过来吃，都凉了！"

晚上十点钟，依旧没有看到佘念念的影子。

确认小念云已然睡着的李南泠放下手中的故事书，轻手轻脚地走出儿童房，与仍在院子里摆弄蔬菜的千黎会合。

佘念念家院子里有一片豌豆长得很是茂盛，千黎提着个小竹篮不紧不慢地摘着豌豆。

李南泠赶到的时候，绿油油的豌豆恰好盖过篮底。

千黎掂了掂篮底的豌豆，轻声念了句："差不多够了。"

李南泠自然知道千黎要做什么，他拿出佘念念平时经常穿的睡衣盖在篮子上，千黎便已闭着眼轻声默念着一些寻常人听不懂的古怪咒语。

今夜格外静，天上既无星也无月。

一段古怪而又晦涩的咒语才溢出口，四周无端地刮起一阵风，千黎即刻掀起那件盖在竹篮上的睡衣，一把一把地将豌豆撒落在地，口中高唱："撒豆成兵，起！"

一时间，那些小小的豌豆纷纷从菜地里弹起，呈放射状四处蹦开，一路"嘿咻嘿咻"地跑远。

遮蔽皓月的厚云终于被风吹散，银白色的月华霎时洒落人间。

水银般的月华在千黎轻颤的睫翼上缓缓流淌，某一瞬间，她纤长的睫毛颤抖得格外剧烈，仿似一对在暴风中展翅欲飞的蝶。

李南泠不禁蹙起了眉头，握住千黎的手越发紧。

三秒钟后，千黎眼睛猛地睁开，头朝左方偏转四十五度，一把拽住李南泠往院外跑："找到了！"

两小时后。

十里开外的偏僻小巷中，浑身是血的大头姑娘捂着胳膊上新添的伤口，一路跌跌撞撞地往前跑。

她出门的时候穿了条值不菲的白色连衣裙，而今那条白裙被人用刀片割成破碎的布条不说，就连她的身上和脸上，都有不下两百处的割伤。逃跑的过程中，她的鞋跟不慎被扭断，现在只能舍弃高跟鞋，一路赤脚狂奔，即便脚指头被磕得血肉模糊都不敢停。

　　即便是白天这条巷子都人迹罕至，更遑是深夜。

　　巷子仿佛长到没有尽头，她已然没有力气继续奔跑，步伐越来越沉重，紧随其后的脚步声仿佛从未停歇。

　　"嗒嗒嗒……"

　　一步接一步，踩在心尖上的旋律，像是幽冥地府里发出的死亡邀请。

　　大头姑娘不知道自己究竟在这逼仄的小巷子里跑了多久，当小巷的尽头出现在她眼前的时候，她方才明白绝望是怎样的滋味。

　　绝望似不断袭来的潮水，于顷刻之间席卷而来，"轰"的一声覆盖了她的身体。

　　她像只受惊的小白兔般蜷曲在墙角，眼睁睁地看着那道邪肆的人影寸寸逼近自己。

　　好不容易被风吹散的云层又重新积聚在一起，四周突然一片漆黑，唯有那不断前进的脚步声仍在耳畔回荡。

忽有一道闪电撕破厚厚的云层，一闪而逝的光顿时照亮那道不断前行的人影——血红的眼、狰狞扭曲的脸以及她夹在右手拇指与食指之间的修眉刀片……

此时的佘念念根本就毫无理智可言，整个人就像刚从阿鼻地狱里爬出的恶鬼，浑身上下散发着择人而噬的凶煞之气。

短暂的银光散去，四周再次陷入一片黑暗。

周围一片死寂，仿佛整个世界都只余下佘念念不断前进的"嗒嗒"脚步声与她即将冲破胸腔的"怦怦"心跳声。

"嗒嗒嗒……"

脚步声停驻在三步开外，大头姑娘甚至都做好了丧生的准备。

然而却并无意料中的尖锐疼痛落在身上，黑暗中仿佛有个温柔的声音贴在自己耳畔说话："别怕，快站起来。"

她甚至都未将那句话听真切，突然又炸开个傲气的女声："你对她这么温柔做什么？"那把嗓音才落，她就觉后颈一重，像是被谁给砍了一记手刀，然后便陷入昏迷之中……

大头姑娘是被千黎动作粗暴地扛回去的，她身上本就受了不少皮外伤，再加上一路的磕磕碰碰，被千黎丢到佘念念家客房的时候，全身已经肿得惨不忍睹。

相比较大头姑娘，佘念念几乎毫发无损，若不是知道她也是被千黎直接敲晕的，一眼看过去还以为她是躺在床上睡着了。

撇去大头姑娘后面添的撞伤，她那张脸简直被佘念念用修眉刀划得惨不忍睹，用触目惊心来形容都不为过。

李南泠双手环胸，站在床边直视大头姑娘的脸，声音里毫无情绪波动，也不知他说这话时有着怎样的情绪："她醒来若是看到自己这张脸，佘念念怕是得坐牢呢。"

千黎目光落在大头姑娘血肉模糊的脸上，双手叉腰，一脸嚣张："坐什么牢，我有办法。"

李南泠嘴角渐渐染上笑意："不愧是我家小千黎，心肠就是好。"

千黎朝空气翻了个白眼，嘴里立马絮絮叨叨念着些什么。两分钟后，千黎的念咒声骤然停却，双手猛地一击掌，口中高唱："芦荟、生姜听我命令来！"

印象中，佘念念家菜园子里并未种芦荟，李南泠尚且纳闷芦荟会从哪里来，就有株绿油油的东西从隔壁院子里破窗而来，直飞入千黎白嫩的掌心。

飞来的芦荟是平常在超市里就能买到的食用品种，并非那种袖珍的观赏型，近半米高的一大株立在千黎小小的掌心里，看上去别提有多滑稽。

　　李南冷笑着戳戳那株粗壮的芦荟："你该不是把方圆十里种的所有蔬菜都给打探清楚了吧？"

　　千黎傲娇地从鼻腔里发出一声冷哼，不置可否。

　　芦荟才落入千黎掌心，生姜后脚就跨了进来。等到两者皆落入掌心的时候，千黎又开始低声默念咒语，随后两手向上一推，口中暴喝一声："起！"

　　神奇的一幕顿时出现在眼前。

　　生姜和芦荟就像一对牵手赴死的怨侣般腾到了虚空之中。芦荟率先扒开自己厚厚的皮，露出里边半透明的果肉，再自行断成一小截一小截的，纷纷掉进千黎捧在手心的玻璃碗中。当最后一截芦荟落入玻璃碗，千黎运起妖力朝碗中一点，堆了满满一碗的芦荟就浓缩成了小半碗胶状物体。

　　她伸出手指在碗中搅了搅，终于满意地点点头，然后十分粗暴地将碗倒扣在大头姑娘脸上。那些胶状物体就像活了一样，甫一沾到大头姑娘的脸皮，就开始四处流窜。

大头姑娘脸上的伤以肉眼可见的速度飞速愈合，只留下一道道暗色的疤。

芦荟退场，生姜接上，不同之处在于，生姜是悬浮在大头姑娘脸的上方，挤了大头姑娘一脸的姜汁，而后使劲地在大头姑娘脸上有疤痕的地方摩擦摩擦。

大头姑娘脸上一片火辣辣的，刚有要苏醒的迹象，又被千黎一胳膊肘敲晕。

而她脸上暗色的疤痕则在生姜的不断摩擦之下渐渐消退……简直太神奇了。

普通的芦荟生姜哪有这么强的祛疤效果，芦荟与生姜本都是不能与皮肤直接接触的。与其说是它们发挥了作用，倒不如将一切功劳都归咎于千黎的妖法之上，普通人若这么做，就等着烂脸蹲家里哭吧。

佘念念是在大头姑娘脸上最后一道疤痕消去时醒来的。

她默默看着这一切，在千黎做好收尾工作之际，突然开口："其实你们不必这么做，我做事自有分寸。"

这话说出来似乎连她自己都觉得不妥，稍作停顿，又立即放柔语气，接了句："我当初之所以选择用修眉刀，正是因为修眉刀纤薄，既毁了她的容，又不会使她受太严重的伤。即便她要告我，都只是轻伤，根本达不到伤残等级。"

千黎与李南泠谁也没说话。

这种事原本就不是一个外人能够加以评论的。

大头姑娘被伤成这样固然可怜，可佘念念一个完整的家被拆得七零八落难道就不可怜？没有人想继续讨论这个话题。

不习惯这种奇怪氛围的李南泠率先打破沉寂："你饿不饿？厨房还有莲藕排骨汤。"

四、佘念念倒也好素质，竟生生忍住了，没把菜碗端起来往那对狗男女脸上扣。

翌日上午，佘念念才出门送小念云去幼儿园，大头姑娘就悠悠转醒了。

大头姑娘看见自己莫名其妙地躺在一张陌生的床上感到很慌，她才准备从床上爬起，卧室门就被人从外推开，霎时间阳光与微风一同涌进房来，隐隐带着小米粥的醇香。

大头姑娘怔怔地望着那个逆光而来的少年，愣了几秒才找回自己的声音："请……请问你是？"

逆光而来的少年自然就是李南泠，此时的他整个人都浸泡在初晨的阳光下。大头姑娘心中一动，没由来地就从脑子里蹦出一句"美人如玉"。

面对大头姑娘如此炙热的眼神，李南泠从容且淡定地将小米粥放在床头柜上，噙着淡淡的笑意对大头姑娘道："我是谁不重要，重要的是，你如今在佘念念家。"

一提起佘念念，大头姑娘就不禁浑身打冷战，美男子也顾不上看，径直从床上爬了起来，提着包包就要冲出去。

在她离卧室门还有三步之遥的时候，千黎突然冒了出来，堵住大头姑娘的去路。

千黎可不是个怜香惜玉的主，强行塞给大头姑娘一部手机，开门见山地说："佘念念让你给何凌云打个电话，有事三个人坐在一起好好说。"

大头姑娘当初之所以先是给佘念念发污秽彩信，又是将佘念念约出去，就是因为何凌云从没给过她一个确切的答复，她就只好从佘念念这边找突破口，却没料到佘念念竟会这么狠。

而今既然佘念念给她这个机会，她倒是十分乐意，只盼何凌云能早些与佘念念把婚离了。

　　何凌云准时在饭点抵达佘念念家。

　　甫一进门，他的目光就被系着围裙不断忙活的李南泠所吸引。

　　不论怎么说，李南泠都算得上是客，佘念念本不让他下厨，却拗不过千黎嘴刁，非得吃李南泠亲手做的菜。

　　最后一道菜端上桌，五人纷纷落座。

　　除却吃得不亦乐乎的千黎与置身事外、全程只顾着给千黎布菜的李南泠，其余三人各有所思。

　　客厅里除了红木筷与瓷碗的碰撞声，竟再无任何杂音。

　　令人意想不到的是，何凌云竟然是第一个说话的人。他的目光忽明忽暗，从进屋开始，几乎就没离开过李南泠，甚至开口说的第一句话也都是在询问李南泠的身份："他是谁？"

　　他表现得太过明显，一开口所有人都知道他所问之人是谁。

　　佘念念咽下一口青菜，语调清冷地说了两个字："朋友。"

　　"朋友？"何凌云握着筷子的手一紧，重音强调这两个字，显然是在质疑。

　　是了，他当然会质疑，佘念念的来历他再清楚不过，像她这样的女人又怎么可能会有朋友？！

佘念念气极反笑："怎么？就允许你在外面偷腥乱搞，我不过是交个朋友罢了，这你都想管！"

一直备受冷落的大头姑娘终于耐不住寂寞，找准了时机就开始刷存在感，连忙抱住何凌云的胳膊，发出一声娇嗔："凌云——"拖得长长的尾音足以绕梁三日。

埋头苦干的千黎被这声呼喊激得起了一身鸡皮疙瘩，简直连筷子都要拿不稳。何凌云却似乎很吃这套，两人当即就腻歪到一起。

佘念念倒也好素质，竟生生忍住了，没把菜碗端起来往那对狗男女脸上扣。

狗男女才腻歪完，那大头姑娘立即就换了副面孔，一副泫然欲泣的模样望着佘念念。她的声音虽不似先前那样腻得人发麻，却也正常不到哪儿去，一张嘴就带着浓浓的哭腔，不知道的还以为佘念念把她怎么了。

"都是我不好，佘姐姐你千万别怪凌云……"

佘念念冷冷笑着挑眉听她继续说。

大头姑娘的心理素质固然过硬，却也忘不了昨晚的阴影，才与佘念念的眼神撞上，她就忍不住瑟缩一下，不禁打了个冷战，原本组织好的话语，一时间全都给忘了。她索性一不做二不休，狠狠在自己大腿上掐了一把，顷刻间就哭了个梨花带雨，不停地哽咽着对佘念念说："对不起，佘姐姐对不起……"

佘念念从始至终都板着脸，倒是正中大头姑娘下怀。

佘念念明明什么都没说，什么也没做，就无故躺枪被塑造成一个得理不饶人的怨妇。

反观大头姑娘，从头到尾都在重复那句"对不起"，至于她究竟是哪里对不起人家，压根就没提，哭声反倒越发大，眼泪也像断了线的珠子似的，"哗哗"地不停往下流。这等真诚，简直闻者伤心见者落泪，不肯原谅她都对不起她似的！

何凌云终于看不下去，满脸怜惜地将那大头姑娘拥入怀里，怒视佘念念："晴晴都这样道歉了，你还要怎样？！"

何凌云话音才落，那个叫晴晴的大头姑娘立即像受惊的小白兔般窝在他怀里："凌云，你别骂佘姐姐，真的都是我的错，我只想静静地看着你，只要你能得到幸福，我就心满意足。我真的从来都没想过，你们会因为我而离婚……"

从头至尾，佘念念与何凌云都未提过"离婚"二字，这话从晴晴口中说出时，两人皆是一愣。

这些年来，何凌云在外边的女人不计其数，再美艳的尤物都没让他起过离婚的念头，更何况晴晴这种姿色普通的……

像晴晴这种自小在社会底层摸爬滚打长大的人何其敏锐，光是看何凌云的脸色，她就已经意识到自己犯了个怎样的错误，索性不再说话，把头闷在何凌云怀里低声啜泣。只盼何凌云不要因为她一句话的过错，与她心生芥蒂。

少说少错的道理她懂，她心想着，既已开了个头，接下来的就都交给何凌云与佘念念来选择了。

晴晴这算盘倒是打得挺响的。

奈何，理想是丰满的，现实比白骨精还要骨感。

何凌云非但没能如她的愿与佘念念吵起来，反倒半路杀出个千黎。

千黎啃鸡翅啃得好好的，突然端着碗油乎乎的汤就往晴晴身上泼。凡是长了眼睛的，都能看出她就是刻意而为之。

愣了近五秒的晴晴还没来得及发话，千黎就先声夺人，嘴巴一撇，硬生生地挤出几滴眼泪："姐姐，对不起，我不是故意的……"

晴晴停下擦衣服的动作，连忙笑着说："没关系，没关系，擦擦就好了。"

千黎即刻眉开眼笑，眼睛弯成两道月牙儿："姐姐，你是说真的吗？"

"真"字才溢出口腔，千黎又端起李南泠的汤碗，直直地朝晴晴脸上泼。

一碗汤见底，她又委屈地嘟起了嘴："对不起哦，姐姐，我今天格外想拿汤泼人。既然你都说了没关系，那我就不客气了哦。"

即便已对晴晴心存不满，何凌云也不能任由她这般受人欺负。却不曾想到，千黎比他的速度快多了，这次连汤都没盛，直接端着汤盆往晴晴头上扣，惹得晴晴惊叫连连。

就算是个傻子都能看出千黎是在刻意挑事，晴晴一时间怒火攻心，哪还记得住自己柔弱小白兔的人设，端起桌上最大的一盆菜就要往千黎身上泼。她尚未来得及行动，手就已经被人扣住，仰头一看，恰好对上李南泠寒气逼人的眼。她只觉一股寒气顺着尾椎骨直蹿上脑门，脑袋也瞬间清醒，终于记起自己现在是以柔弱小白兔面貌来示人。

生生咽下这口恶气的晴晴狠狠地攥紧了拳头，流露于表面的狰狞悉数被敛去，转眼间，她又变成了那个柔弱无害的小白兔。

千黎却并不打算就这么放过她，佯装害怕地钻入李南泠怀里，小嘴一嘟，甭提多委屈："南泠，这个姐姐好凶啊！她抢了别人老公、破坏人家家庭说声对不起就行。我不过是不小心泼了她点汤而已，一声'对不起'难道还不够吗？"

李南泠捏了捏千黎挺翘的鼻尖，虽是责备的话语，说出来却怎么都带点宠溺的意思："别闹。"语罢，他又一脸真挚地替千黎道歉，"这丫头都被宠得无法无天了，还望多多包涵。"

所谓伸手不打笑脸人，再加上千黎看上去还真像个十五六岁的小姑娘，自己又是小白兔的人设，晴晴即便是再恨也只能打落牙齿往肚子里咽。

一场闹剧就此收尾，佘念念即便是把这对狗男女喊到了自己眼前，也没能得到自己想要的结果，反而更添烦恼。

饭吃到一半，佘念念就把人赶走了。

李南泠拍拍千黎肉乎乎的脸蛋，眼睛弯成两道弯月："你呀你，什么时候学这么坏了？"

千黎一脸傲娇地跳出李南泠的怀抱，顿时恢复本性："近朱者赤，近墨者黑。"

李南泠忍不住笑出了声，却是丝毫舍不得去指责，只是将她圈在怀里，使劲揉着她毛茸茸的脑袋，看着她一点一点鼓起腮帮子，脸蛋涨得像只圆乎乎的小肉包，简直可爱到不行。

虽然觉得自己不该在这时候插话做电灯泡，佘念念还是忍不住开口说了句："谢谢。"

千黎小手一挥，那叫一个正气凛然："没什么好谢的，狗男女人人得而诛之！"

李南泠又没忍住，笑出了声："小千黎，你怎么这么可爱呀！"

"哼。"千黎才懒得搭理，朝他翻了个白眼，推开他，继续低头扒饭。

五、无论你是谁都奈何不了我！我本就是依靠她的怨念所滋生出的，她心中魔障不消，我就不会走！

李南泠与千黎这边看似没有什么进展，实际上他们已经让佘念念彻底放下了戒心。根据以往经验来看，他们无疑成功了一大半，接下来的路该怎么走，还得静观其变。

是夜。

千黎依旧搬了张小板凳坐在院子里吹风。

近郊区的夜安静得不可思议，稍微有些风吹草动，就会被放大无数倍。

此时此刻，佘念念家院子中却传来阵阵惨绝人寰的歌声。

声音算不上大，甚至还能称之为细微，只是这样的夜实在太寂静，即便是这样的声音，都被放大成鬼哭狼嚎的效果。

"如果你愿意一层一层一层一层地剥开我的心，你会发现，你会讶异，你是我最压抑、最深处的秘密。如果你愿意一层一层一层一层地剥开我的心，你会鼻酸，你会流泪……"

"为什么总是唱这一首？"听腻了同一首歌的千黎伸手戳了戳，蹲在自己腿上哭得无法自已的洋葱，"听了一晚上都腻了，赶紧换一首。"

洋葱晃得头上的枝叶"哗哗"作响，声音里犹自带着哭腔："我只是一颗洋葱而已，当然只会唱《洋葱》啊，你为什么非要逼我唱别的歌？"说话的时候，洋葱还不忘一层又一层剥开自己的皮，将其丢到搁在石椅上的瓷碗中。

千黎能够听懂所有蔬菜说的话，可那些蔬菜都很胆小，只会在千黎一人独待的时候开口说话。

洋葱一边剥皮一边被熏得眼泪直流。正值最伤心之际，洋葱又想接着唱那首歌："如果你愿意……"

尚未唱完这一句，洋葱就突然像个哑巴似的噤了音，安安静静地躺在千黎腿上，与大家平日里看到的洋葱并无差异。

千黎犹自纳闷着这货咋就突然住嘴了，身后却冷不丁冒出个声音："怎么一个人坐在这里吹风，不开心？"

能在这个点来找千黎的也就只有李南泠了。

千黎本想转过头去和他说话，可一想到小念云今晚那句"南泠哥哥，长大以后我一定要嫁给你"就来气，说话自然硬邦邦的。

"我在听歌，心情好得很。"

李南泠又不自觉地弯起了嘴角。

与千黎相处了这么久，他又怎么看不出她在生闷气？

这些年来，李南泠可谓是彻底摸清了千黎的脾气，与她相处就得讲究一个"顺"字。顾名思义，凡事都得顺着她来，事事都得顺她意。

她容易炸毛，更容易被人捋顺毛，脾气来得快去得也快。

她生气的时候，即便是拿着刀子逼你滚，你也得厚着脸皮赖在她身边，如此死缠烂打，方才有机会赢得最后的胜利。

　　李南泠每次都这么干，这次也不例外，搬了把小板凳，依旧静默无语地与她并肩坐一排。

　　早秋的夜里依旧有蛙叫蝉鸣，晚风习习，扬起几缕发丝，轻轻拂过面颊，微微有些痒。

　　李南泠还没在千黎身边坐上半小时，她就已经消了气，忍不住开口与李南泠说话："你说我们这次究竟得耗费多长时间才能拿到钥匙？"

　　李南泠虽不知千黎怎么会突然将话题转移到这上面，却仍如实地摇摇头："还不知道呢，这次是真有些棘手。佘念念不断受到她丈夫与那姑娘的刺激，情绪已经越来越不稳定。寄居在她身体里的妖本就是依靠吞噬这些负面情绪而逐渐壮大，她情绪越是不稳定，就会被侵蚀得越发严重。虽说她与自己身体里的那只妖是共存关系，可那只妖即便是把她吞噬得只存一丝理智，也算是共存。相反，我们拿那只妖毫无办法，杀了它就等于杀了佘念念。"

　　千黎再度陷入了沉默，今晚，她之所以情绪不佳，也并非完全因为小念云，更多的还是为了佘念念。

他们话音才落不过一刻钟的时间，楼上突然传来阵阵玻璃破碎的声音。这里的夜本就非一般地静，玻璃破碎的声音像是无端地被放大数十倍，如同惊雷一般在两人耳边不停地炸开。与之伴随而来的还有低沉可怖的嘶吼声与小女孩歇斯底里的哭喊声……

千黎的心瞬间揪成一团，与李南泠匆匆对视一眼之后，两人同时冲入室内，直奔二楼佘念念的主卧房。

房中一片漆黑，在窗外月光映照下，可看见随处可见的玻璃碴、被撕成不规则长条状的被套、散落不成形的床架……以及蜷曲在暗影中与自己作斗争的佘念念。

她的左手正紧扣住小念云的脖颈，右手则死死掐住自己左手的手腕处，矛盾中透露着诡异。

片刻的僵持后，她的右手放弃了与左手正面对峙，直接抄起身旁一张纯实木椅子往左手上砸去。

"咔嚓"一声脆响，房间里隐隐飘浮着鲜血的气息，原本紧扣小念云脖颈的左手顿时松了松。也就是在这时，抓住椅子一角的右手猛地将犹在发愣的小念云往前一推。

"念云，快跑，去找南泠哥哥！"

话音才落，她的脸又变得扭曲。

小念云及时清醒，抹了把泪水，跌跌撞撞地往卧室外跑，歇斯底里地喊着"南泠哥哥"。

就在她声音落下不久，她便恍然发觉自己身前立了个高大的人影，是李南泠。

小念云眼圈红得越发厉害，豆大的眼泪像断了线的珠子似的，一路"吧嗒吧嗒"地往下掉。

千黎低头瞥了小念云一眼，只说了句"你先安抚好她，这里交给我"，人就已经消失。

卧室门被"砰"的一声关上。

小念云的哭声终于被释放，不断在房外飘荡，任凭李南泠怎么哄都无用。

与小念云一门之隔的千黎揉了揉太阳穴，稳定好自己的情绪后方才抬起眼帘，直视着仍旧蜷曲在一片暗影中的佘念念。

晴晴与何凌云果然又刺激到了佘念念，现在看来，那只妖已经完全吞噬掉了她的右脑，否则，那只妖又怎会这般轻易地夺得她左半边身体的控制权。

看到千黎的到来，原本蜷曲在暗影中的佘念念，又或者说是佘念念与妖魔结合在一起的产物，满脸警惕地贴着墙壁站了起来，那只妖竟然先发制人，叉开十指，径直朝千黎扑来。

到底是被妖魔附了体，佘念念的速度竟快到肉眼无法捕捉，"嗖"的一声就掠到千黎眼前。

她尚未靠近，千黎的身体里就猛地喷涌出数十根拇指粗细的藤蔓，相互交织，缠绕成一张密不透风的网，直接将那妖魔与佘念念的结合体兜在里边，并且随着千黎的意念而寸寸收紧。

要弄死这只妖，对千黎而言几乎不费吹灰之力，难的是，她而今非但不能动那只妖，还得在护它周全的情况下对其进行恐吓。

于是，千黎缓缓闭上了眼睛，再次睁开时，两眼一片血红，犹如漆黑的夜里冉冉升起两盏猩红的灯，可怕的威压排山倒海而来，顷刻间就叫那只妖汗湿了衣襟。即便它整个身体都被藤蔓编织成的网子给兜住，它仍是止不住地全身发颤，连声音都像漂在水面上一般虚浮："你……你是……"

"本座是谁不重要。"千黎两眼猛地一瞪，被妖魔附身的佘念念只觉身上仿佛压了千斤重似的，闷到连呼吸都觉得无比艰难。

"重要的是，本座命你即刻滚出她的身体！"

寄居在佘念念身上的妖只觉脑袋嗡嗡作响，毫无预兆地吐出大口鲜血。

那只妖非但不肯松口，反倒在这一瞬想通了一切，满脸嚣张地说："无论你是谁，都奈何不了我！我本就是依靠她的怨念所滋生出的，她心中魔障不消，我就不会走！"

撂下这么一句狠话，那只妖还觉得不解气，末了，又狠狠补上一句："反正你也杀不了我！"

这根本就是在挑衅，千黎都懒得搭理它，五指张开，直接扼住它的喉管，且有越收越紧的趋势，顿时佘念念的脸就涨成了猪肝色，连眼睛都止不住地开始翻白，仿佛随时都会断气。

那只妖现在才知道害怕，呛得满脸泪水，结结巴巴地说："我……我……要是死了，她……也活不了！你们……别想……别想得到空中陵墓的钥匙！"

千黎那张万年不变的僵尸脸上勾出个懒散的笑，全然不在意的模样："反正上任神女还尚在人世，她要是真死了，我们大不了再去找上任。再不济，还有下一届神女，何愁得不到钥匙。"

这下换那只妖沉默了，它只差跪下来给千黎磕头，哭丧着脸说："小的是真离不开她的身体，除非她真能消除了执念啊！"

千黎并不是不懂这个道理，否则按照她的性格，早就赶出这只妖，以此要挟佘念念交出钥匙。这次也不过是虚张声势，吓唬吓唬它罢了。

千黎卸去手上的力度，那只妖的脸色也渐渐恢复正常，犹如烂泥般瘫坐在藤蔓编织而成的网兜里。

这妖尚未喘过气，千黎又再度发话，丝毫不容置喙的余地："即便你离不开她的身体，那也不准随意控制她的身体！"

这妖简直想捶地骂娘，这种事自己若能自行控制，还会被她发现？

但吐槽归吐槽，话可不能真这么说，否则它还真怕撑不过今晚。

于是，这妖点头如捣蒜，一脸谄媚地抱大腿，不知道的还以为它是只千年狗腿子精。

"好好好，小的谨听大仙差遣，大仙怎么说，小的就怎么做！"

这话也就听听而已，实际上千黎也在李南泠身边待了这么多年，对这种异形妖也算有些了解。

这些玩意儿其实就是所谓的心魔，无论是人还是妖，抑或是那些修仙的，想得太多了，心思不纯正了，心魔自然也就来了。不过呢，这些玩意儿又与心魔略有些不同，但即便如此，它们也不该如此草率地被归为妖类啊。有时候千黎还真觉得憋屈，世道果然不一样了，什么不入流的东西都能封妖，简直就是欺负她妖族无后!

千黎不想倒还好，越想越生气，小拳头攥得紧紧的，面上也露出几分阴狠来，吓得这妖手足无措，压根不知道自己说错了什么。

千黎这边犹自怒气冲冲地折腾着异形妖，李南泠那边也有些束手无策。

小念云依旧倔着不肯走，说是要留在这里陪妈妈，又哭又闹的。

李南泠也算是个会哄小孩的，在门口蹲了半小时，哄得嘴皮子跟腿一样麻了都不见效。思来想去，他只得放大招，索性把人小姑娘给催眠了。

毕竟孩子还小，以后还有那么漫长的路，忘了这段记忆，把它当作一场梦也挺好的。

六、李南泠嘴角微微勾起，弯出一抹嗜血的笑，想必今晚又有一场恶战。

翌日清晨，李南泠难得起了个早床。

他才洗漱好就跑去厨房做早饭，左右开弓，培根与蛋一同下锅，才准备给培根翻面，小念云就"噔噔噔"地跑进了厨房。她看到李南泠的一瞬间明显愣了愣，连忙拽着他的袖口，仰头问：
"南泠哥哥，今天怎么是你做早饭呀，我妈妈在哪里呀？"

千黎向来睡得早起得晚，为了跟上她的生物钟，李南泠平日
里也不会起早床。一般情况下小念云的早饭都是佘念念做的，所
以小念云的反应才会这么大。

李南泠铲出一个单面煎香的溏心蛋放进盘子里，又把锅子里
的几块培根给翻了个面，才笑着说："你妈妈还在睡觉呢，南泠
哥哥今天起得早，想给小念云做顿好吃的。"

"原来是这样呀。"小念云倒也没想太多，得到李南泠的答
复后立马露出了甜甜的笑，随后又像是突然想起什么东西似的，
神色夸张地和李南泠说，"对了，南泠哥哥，你知道吗？我昨天
做了个好可怕好可怕的梦呢！"

李南泠神色不变地把煎香变色的培根也铲进盘子里，歪头望
向小念云："你梦到什么了呢？"

"我梦到妈妈变成妖怪了，一下子要杀我，一下子又要救我，
还掐我脖子呢。你说是不是很可怕呀？"

李南泠用筷子夹起一小块培根，吹凉了，蹲下身来给小念云
尝味："确实很可怕呢，不过小念云别担心啦，只是梦而已。替
南泠哥哥尝尝盐味够不够。"

小念云腮帮子被塞得鼓鼓的，连说三声好吃，哪还记得自己做了什么可怕的梦。

佘念念是在小念云吃完最后一块培根时匆匆跑下楼的，她满脸倦容，连衣服都没来得及换，一看就知道昨晚睡得不好。

还没嚼完嘴里食物的小念云连忙喊了声妈妈，指了指放在自己对面的那份早餐："妈妈，妈妈，快来吃早饭呀，南泠哥哥做的饭可好吃啦！"

佘念念足下一顿，李南泠恰好脱掉围裙从厨房走出，与她视线撞上，笑容依旧温润："先吃早餐，凉了可就不好吃了。"

一股暖意顿时涌上心头，百感交集的佘念念不知道该说什么才好，只得冲他露出感激的笑。

李南泠当作什么都没发生一样，一转身又上了楼，接着睡回笼觉。

约莫十点半的时候，睡得昏天暗地的千黎才从床上爬起，她啥也不顾地直冲出房门，眼睛晶亮晶亮地盯着犹自坐在窗台边看书的李南泠。

昨晚千黎心情不大好，躺在床上刷微博刷到了一两点，还冷不丁刷出一条菏泽市美食节的微博，结果越发睡不着了，在床上滚来滚去的，恨不得一睁眼就到了天亮，拖着李南泠一路过去吃吃吃。

李南泠承受不住这么大的压力，被她的眼神给盯得只想抱着她毛茸茸的脑袋一顿搓揉，最后他还是生生压下了这个念头，不动声色地翻动一页纸，嘴角已然克制不住地高高翘起，声音却依旧保持平静："这是怎么啦？"

在李南泠面前，千黎从来就不会不好意思，见他发话，当即就开门见山地说："我想去美食展，就在市中心那里，离我们这里不远的。"

"唔。"心思已然不在书上的李南泠又装模作样地翻了一页纸，却迟迟不肯给个确切的回复。

千黎简直是心急如焚，手已经不听使唤地攀上李南泠的胳膊，眼睛越发亮，简直都要发出绿光："李南泠！李南泠！我要去美食展！我要去美食展！"

李南泠要是没克制好，嘴角恐怕都得咧到耳朵根了。

竭力控制住自己的笑意，然后他搁下那本不知道被自己瞎翻翻到哪一页的书，声音不徐不疾："你要是肯主动让我摸摸头，我就考虑考虑。"

"真的啊？"千黎此刻的心情已经可以用欣喜若狂来形容了，她连忙把头歪过去，抵在李南泠肩上，"快摸！快摸！"

李南泠简直哭笑不得："这么没节操啊？"

见李南泠迟迟不肯动手，千黎索性自己靠过去，把头抵在李南泠掌心蹭了蹭。

主动伸头给人摸这也就算了，可她蹭完立马翻脸不认人，这变脸的速度简直比李南泠翻书还要快："嗯哼，蹭都蹭完了，可别想赖账，赶紧走！"

李南泠这下可真没能把持得住，一下就笑出了声，本着不摸白不摸的念头，又在千黎脑袋上揉了揉"你呀，你呀，就知道吃！"

一语落下，哪还看得见千黎的影子，人家早就"噌噌噌"地跑回了房间换衣服。

李南泠只得失笑着摇头："吃货，大大的吃货。"

美食节举办地在菏泽市最繁华的小吃一条街，千黎虽依旧板着一张讨债脸，眼睛却像是见着了什么不得了的宝藏似的贼亮贼亮的。她一路指挥着李南泠到处买小吃，直至她与李南泠四只手都拿不过来，才有所消停，找了个地方坐着慢慢吃。

李南泠向来不爱吃这些小吃，他所发挥的作用除却到处抢购"粮草"，另一个极其重要的作用便是，让千黎吃东西吃得更方便，譬如剥开螃蟹的壳、抽出鸡翅膀的骨头、剔除炸鱼的软刺……让千黎吃得更加酣畅淋漓。

李南泠浑身上下本就透出一股子高贵的气息，这般安安静静地垂着眼帘剔骨头，非但不让人觉得沾了俗气，反倒别有一番风味。来来往往的路人路过这桌时，总不免偏过头去多看几眼，起先或许是被千黎那精致如洋娃娃一般的外貌所吸引，而后，眼睛就再也离不开不停剥壳、剔骨的李南泠。

剔骨头还能剔得这般优雅的男人简直是人间极品。

李南泠显然是做惯了这种活，都已经总结出了经验，可谓是行云流水般流畅。

满满一桌子小吃都被李南泠处理好后，他便掏出湿纸巾，开始慢慢擦拭自己骨骼匀称、修长有力的手指。见千黎还未吃完，他又单手支颐，笑吟吟地望着千黎像只小仓鼠似的不停往嘴里塞东西。

兴许是这眼神太过露骨，以至于让千黎打了个寒战，她手中动作一顿，鼓着腮帮子，含混不清地道："别用这么慈爱的眼神看着我！"

语罢，千黎还连忙转过身，生怕李南泠再盯着她看似的，惹得李南泠又是一阵低笑。

"唔，小千黎果然一如既往地害臊。"

本以为千黎要一直这么别扭地吃下去，结果不到十分钟，她又把头转了过来，神色有些警惕，与李南泠说话的时候身体也不由自主地前倾，且压低了声音："觉不觉得有人在看我们？"

李南泠起先有些疑惑，因为经过的人几乎都在看他们，随后才清楚千黎想表达的意思。

就在千黎说完这句话的下一瞬，李南泠即刻就感受到几道明显带着杀意的眼神在自己身上扫荡。

他与千黎几乎是同一时间都有了反应，两人对视一眼，而后，千黎像是毫无察觉般继续坐在椅子上吃东西，李南泠则笑着跟千黎说了句："我替你去买支冰激凌。"说完人已起身，消失在人海里。

就在李南泠消失之后，千黎看到人群里涌现出数十个可疑人物。

他们纷纷朝着李南泠消失的方向转移，明显都是冲着李南泠来的。暗中注视着一切的千黎本还想继续吃东西，然而食物还未送入口中，她又察觉有人锁定了自己。

觉得万分无趣的千黎，只得收拾好那些尚未吃完的东西，提着它们往人群里钻。

她当年与李南泠定了契约，两人即便是隔得再远，都能清楚感应到对方的具体位置，比定位仪还管用。

千黎稍一闭眼，就感应到李南泠正往一里开外的购物广场方向走。

紧抿的唇微微扬起，她抄了一条近路，不急不缓地往购物广场走去。

与此同时，两岸咖啡馆。

佘念念从自己包里掏出一份文件，平摊在何凌云面前。

何凌云低头抿了口咖啡，微微挑眉："什么意思？"

佘念念面上无一丝波澜，言简意赅："离婚协议书。"

何凌云握住咖啡杯的手紧了紧，他像是在竭力克制着什么，半晌以后，终于开口："离婚可以，念云得归我抚养。"

佘念念立即开口表决："我反对，她是我女儿，无论如何都得跟我！"

何凌云脸上的笑有些刺眼，甚至带着几分恶劣："即便是闹上法庭，你也抢不到她，你一没经济收入，二无权、无势、无背景，在菏泽，你凭什么跟我斗？"

佘念念默然，半天说不出话来。

看着佘念念难堪的样子，他脸上终于再度露出了舒心的笑"你说，这个婚，我们究竟还要不要离？"

花开两朵，各表一枝。

十分钟后，千黎就已抵达李南泠所在的购物广场后门。

李南泠早就甩掉了那群人，拦了一辆出租车在马路边上等她。

司机都快开出一里路了，李南泠和千黎却还未报出目的地，他不免有些心急，连忙问："你们这是要去哪儿呀？"

这种情况下，李南泠与千黎自然不能回佘念念家，以免伤及无辜。

沉思片刻，李南泠只是笑笑，用一种"你该明白"的眼神望向司机"什么地方最偏最远，又没人来打扰，你就往什么地方开。"

司机心领神会，嘴上说着好，眼睛透过后视镜扫了一眼乖乖坐在后座上继续吃东西的千黎，不免对李南泠心生鄙夷，长得人模狗样的，结果还不是，哼哼……

两小时后，李南泠与千黎在远郊芦苇地下车。

他们下车不久，附近就有近十辆出租车停在他们先前停靠的地方。

如果按照一辆车坐四个人来计算，这一次起码来了三四十号人围堵李南泠与千黎，远远比想象中的多。

十辆出租车扬长而去，几十个衣着不同、发型不同的陌生男子就这般突兀地出现在这片芦苇地里。

而今是初秋，地里的芦苇还很是茂密，足有一人高，个子不高的人走在里边，几乎整个人都要被遮蔽。

这种环境最适合打游击战，一路追来的几十号人不敢轻易进芦苇地。其中一个脑袋锃亮锃亮的壮汉走在最前边，气沉丹田地朝芦苇地里吼一声："奉劝二公子尽快交出那卷羊皮纸，大公子宅心仁厚，并不愿意伤到您，他还特意嘱咐小的，即便是真到了要动手的地步，也务必给您留一具全尸！"

无人回应他的话，唯有秋风扫过芦苇，发出细微的声响。

久久得不到回复的光头一声冷哼："敬酒不吃吃罚酒，统统给我上！"

几十号人深入到望不到尽头的芦苇地里展开地毯式的搜索。

当年几乎所有知情人都知道那卷神秘的羊皮纸落入了李南泠手中，无论是他的同门师兄弟还是他的亲兄弟，都变得陌生而又面目狰狞。孤苦伶仃的少年就此亡命天涯，所幸还有一个Z肯容纳他。

所有人都以为那卷羊皮纸是无价之宝，只有已经得到它的李南泠才知道，真正的无价之宝根本就不是那卷羊皮纸，而是一直以来都被他奉若至宝的千黎。

羊皮纸充其量只是一张地图而已，上面所标示的五个地方并无传说中的宝藏，而是分别封印了千黎的部分妖力。

当初李南泠成功解开第一处封印，千黎即刻化形；第二处封印一解，她立即恢复三成妖力，方才有了如今的能力。

李南泠甚至不敢想象，当五重封印全部解开时，又会是一番怎样的景象！

李南泠望了盘腿坐在芦苇荡正中央的千黎一眼，她依旧笑颜温润，看不出有任何情绪波动。

风中传递了那几十号人前行的信息，千黎缓缓闭上了眼，无数根藤蔓呈放射状从她身体中爆射出。原本不断传来"窸窣"声的芦苇荡里瞬间一片死寂，鲜血的气息一下子被风吹散，飘浮在望不到尽头的芦苇荡上空。

既然这次围剿乃是出自自家大哥之手，李南泠百分百确定，就在今晚，还会有一拨人在暗处等待自己。

他抬头望了眼几近日暮的天空，嘴角微微勾起，弯出一抹嗜血的笑，想必今晚又有一场恶战。

七、那是他这些年来见过的最坚强的小姑娘，那么粗的麻醉针扎进她脊椎里，她吭都没吭一声。

小念云站在幼儿园的院子里等了很久都没有人来接她，幼儿园的老师幽幽叹了口气。

小念云向来听话乖巧，无论是附近的邻居还是幼儿园的老师都很喜欢她。

眼见天就要黑透，眼睛明显红了一圈的小念云努力压下泪水，仰头朝一直陪着她的班主任展开一抹笑："老师，今天我自己回去，您赶紧下班吧。"

班主任虽对小念云的妈妈颇有微词，但到底还是负责的老师，哪里肯让小念云自己一个人回家。她以待会儿要途经小念云家为由，打车将小念云捎带到家门口，直至目睹小念云推门走进院子里，她才又重新打车离开。

转身的一瞬，小念云挂在脸上的笑就全都消散了，明明已经到家，她却又忍不住红了眼圈。

她年纪尚小，身量颇矮，即便按个门铃都得花费很大一番力气。

门铃连续响了四五声都没人来开门，她又一连喊了几声妈妈，依旧没人来开门。

小念云只得放下书包去翻找钥匙，摸索了近五分钟，才摸出那把被妈妈放进书包里的备用钥匙。

钥匙插入锁孔，锁"咔嗒"一声响，门被推开的一瞬间，仿佛有什么东西在小念云脑子里"咔嚓"闪过，她揉了揉眼睛，对呈现在眼前的景象，感到不可置信。

整间房一片狼藉，乱到像是有人开着小型坦克一路碾压过境。

惊慌过后，心里涌出了无法用言语来形容的恐惧，眼泪唰地就流了出来，小念云背着小书包，迈着小短腿跨过一个又一个倒在她眼前的障碍物，不停地喊着："妈妈，你在哪里呀？"

无人回应她的话，只余她稚嫩的声音在已然算得上空荡的空间里荡来荡去。

余音散去，二楼隐隐传来细微的动静。

小念云骤然停止啜泣，静下心来去聆听那阵自楼上传来的声音。

像是撞击墙壁的声音，随之响起的还有沙哑而又低沉的喘息，即便音色有了极大的变化，小念云却仍能在顷刻之间就听出那是妈妈的声音。

没有一丝犹豫，几乎是在听到那阵声音的一瞬间，小念云就迈着小短腿冲了上去。

越往上走，那阵声音就越发清晰，直至到了二楼的拐角处，小念云已然可以完全确定，那阵声音就是从自己房间里传来的。

她奔跑的速度越发快，几乎是疾跑冲进自己房间里的。

令人头皮发麻的尖叫声也在这个时候传了出来。

小念云被眼前的景象吓得跌倒在地，片刻后，她才又一步一步地蹭着地板，颤颤巍巍地后退，眼泪像断了线的珠子似的一颗颗砸落，渐渐濡湿她绣着蕾丝花边的裙摆。

"妈妈……"勉力从喉间挤出这两个字的小念云怔怔地望着前方，妈妈歪歪斜斜地躺倒在铺着碎花桌布的书桌下，身下鲜血蔓延，仿似开出了一朵猩红夺目的曼珠沙华。

"何念云？"佘念念像个残破的木偶般机械地转动着自己的眼球，目光定定地落至小念云身上。而后，她苍白如纸的脸上漾出个诡异至极的笑，声音幽幽的，像丝线一般在这狭小的空间里延伸开来，"念云，快过来，到妈妈这里来……"

她一点一点地抬起头，脖子却以一种极度扭曲的姿势向左偏："念云……念云……我的念云啊……"甚至连她的身体都是向左方倾斜着，她动作缓慢而怪异地扶着书桌爬起，"念云啊，你为什么不过来扶一扶妈妈……"

犹自坐在地板上的小念云茫然地摇头，用带着浓浓哭音的声音说："不是，你不是妈妈……我妈妈不是你这样的……"

她余音未落，"佘念念"的动作骤然比先前快了近十倍，左手抄起插在笔筒中的美工刀，竟像是要朝小念云直扑而来。

小念云甚至都未反应过来，"佘念念"就已经被自己突然伸出的右腿绊得摔倒在地，连左手握着的美工刀都"啪"的一声砸在了木地板上。

趴在地上的"佘念念"一阵抽搐，原本明显左倾的脖颈缓慢移至原位，接着她的右手动作迅如闪电般捡起那把掉在地上的美工刀，又以迅雷不及掩耳之势高高举起，猛地插进左腿膝关节。

皮肉绽开的声音在这狭小的空间里显得尤为清晰，"刺啦"一声，犹如惊雷划破天际，直直撞进小念云脑子里。而后，那道她所熟悉的声音又响起："念云，快跑！快跑！找你南泠哥哥！找你爸爸去！"

这一声呐喊仿若击鼓雷鸣般震醒尚在发愣的小念云，她一个激灵，猛地从地上弹起，既不前进也不后退，就那么呆愣地站在那里，软软地喊了声："妈妈……"

"快走！快走啊！"佘念念的表情越来越痛苦，越来越扭曲，原本恢复正常的脖子又开始渐渐左倾，连带着表情都发生了明显的变化，"念云，过来呀，过来呀！"最后一声，近乎在咆哮。

恐惧如藤蔓一般从脚底蔓延，紧紧缠绕住小念云小小的身体。

那个晚上的记忆瞬间涌上心头，她终于明白，原来那不是梦。

小念云下意识地后退几步，又忍不住开始哭泣。

她边哭，边喊："妈妈。"

佘念念越来越控制不住自己，不过一瞬间的清醒，又瞬间被一抹狰狞所取代。

从前佘念念不明白，那只妖为什么要处心积虑去攻击念云。直到如今，她才明白，那只妖有多工于心计，念云是唯一能够支撑着她活下去的动力，要彻底摧毁她，只需对念云动手，便一本万利！

"快走啊，拿着妈妈的手机走！"这是再度夺回身体主控权的佘念念对小念云发出的最后嘶吼声，紧随而至的是手机"哐当"落地的声音。

尾音尚在舌尖打转，佘念念的意识就已全部被那只妖夺走。令人毛骨悚然的笑声再次响起，吓得小念云连忙捡起手机，哭喊着逃离。

"佘念念"意图追上去，尚未迈开步伐，又"砰"的一声摔落在地。"佘念念"愤愤地望向那把插在自己膝盖上的美工刀，眼睁睁地看着小念云的身影消失在走道拐角。

小念云边哭边拨打手机通讯录中署名为何凌云的号码。

电话那头永远都是忙音，一遍又一遍地在她耳畔回响。

她不知道南泠哥哥在哪里，而今唯一可以依靠的似乎只有爸爸。可是，爸爸为什么一直都不接电话？妈妈为什么又变得这么可怕？

她不懂，小小的脑袋里满满都是疑惑。

既不知道南泠哥哥在哪里，爸爸又一直不接电话，她又该怎么办？妈妈流了好多血，会不会死？

小念云想到这里，眼泪又止不住地往下流。

一个疯狂的想法骤然涌上心头，她有钱，可以自己坐车去找爸爸呀。地址她记得很清楚，从前每逢放假，爸爸妈妈都会带她去那里住。

身随心动，这个念头才从脑袋里冒出来，她便背着自己的小书包冲了出去。与此同时，一辆打着远光灯的汽车恰好飞驰而来……

千黎与李南泠刚回到佘念念家，就被呈现在眼前的凌乱景象吓得心脏突突直跳。

两人分头寻找，都没能在这栋房子里寻到半个人影。

　　李南泠身份特殊，又是 Z 组织的成员，即便与千黎在佘念念家住了大半个月，都未与佘念念交换任何联系方式。为的是不留下任何自己的痕迹，以免留下后患，现在看来这早已习惯了的谨慎反倒成了诟病，到了关键时刻，连个人都联系不到。

　　千黎眼睛一瞥，定定地看向院子里的植物。打发走李南泠，她蹲在菜地里听那群蔬菜叽里呱啦说了老半天都没能听出个所以然来。她气得直跺脚，几乎就要将那群聒噪又找不到重点的蔬菜统统拔出来晒成菜干！

　　李南泠心头也微微有些发紧，但因为有了暴躁的千黎做陪衬，他倒显得气定神闲，不紧不慢地踱着步子从客厅走出来，状似轻松地揉揉千黎脑袋。

　　"能把现场整得这么乱，当时一定闹出了极大的动静。别急，我去隔壁邻居那里问问，说不定能问出些消息。"

　　千黎这才撒手，放掉那株快要被她揪光叶子的豇豆。

　　门铃声一响起，一个梳着发髻的中年妇人就从屋里走了出来。

　　她不动声色地将李南泠打量一番，而后立刻扬起了笑脸："李先生对吗？"

原来就在他们按门铃前的五分钟，佘念念就打了一通电话给自家邻居。

妇人原本是准备走出去在院门口留张字条，但既然如今人家都找上门来了，倒也省了不少力气。

菏泽市第一人民医院急诊室。

急诊室外的红灯终于熄灭了，穿白大褂的主治医生步伐沉重地从急诊室里走出，无奈地摇了摇头："我们尽力了，节哀。"

那是他这些年来见过的最坚强的小姑娘，那么粗的麻醉针扎进她脊椎里，她吭都没吭一声，一直强忍着哭意，用稚嫩的声音说："叔叔，我不能死的，妈妈说，她只剩下我了。"

佘念念面上的表情瞬间凝固，贴着墙面一路滑落，失魂落魄地使劲摇着头："不可能……不可能……我女儿这么小，她才那么点大，还没满六岁，怎么可能……哈哈哈，你骗人的吧你……"

李南泠与千黎赶来的时候，恰逢离别的这一幕。

宽厚的白布覆住念云小小的身体，缠在佘念念左腿膝盖上的纱布已然渗出了血，她一路跌跌撞撞地跟在后面追："她是我女儿，你们凭什么把她带走……"

迎面走来的李南泠张开手臂，挡住佘念念的去路，猛地将她按在墙壁上，不复往日的温柔，声音压得低低的，像把生了锈的钝刀子在佘念念心口上一下又一下地刮："你是她妈妈！你自己想想，究竟有没有尽到一个母亲该尽的义务！"

他与小念云感情很深，更胜佘念念。

千黎突然觉得眼前的李南泠像是变了一个人似的，她连忙拽住红了眼的他，一声低叱："她疯了，你也跟着疯是吗？！"

李南泠终于缓了缓神色，垂下眼帘，将那些翻滚的情绪纷纷藏入眼底："抱歉。"这句道歉既是对佘念念说，更是对已故的小念云说。

八、高原上只有格桑花，开不出玫瑰。

一路无话，佘念念与李南泠、千黎回到家已是晚上十一点。

初秋的夜里，算不上冷，晚风习习吹拂在身上，倒也颇有几分凉意。

佘念念身上的薄外套被捂得格外紧，从得知小念云的死亡讯息到现在，她感觉全身上下都像是被一层寒冰所包裹着，连发梢都不断地向外渗着丝丝寒意。

她像个失去灵魂的木偶一般被千黎搀扶着往前走，魂魄早已飞到九重天外，甚至都不知道自己就要到家了。

走在最前方的李南泠脚下突然一顿，神色不明地望向前方。

昏黄的路灯将立在门前的人影拉得格外颀长，他穿着手工剪裁的薄款风衣，手中拿着一束卡罗拉红玫瑰。

佘念念眼睛像是被什么东西给刺到，猛地闭上，连身体都不自觉地向后退几步。

她不知道何凌云此番前来究竟有什么目的，一阵恍惚后，只觉一股无明业火忽地自心底涌起，看何凌云的眼神满是阴郁，仿佛下一刻她就会扑上去将其生吞活剥。

不仅仅是与其直面相对的何凌云，就连背对着她的千黎与李南泠都能感受到她身上的那股子凶煞之气。

千黎急了，以为她又要妖化，连忙拉住了她。尚未靠近，何凌云便开口轻念："佘念念，"他的声音跨越了时光，从 2009 年夏末一路拉至 2016 年初秋，"七周年了。"

佘念念一阵恍惚，她早就忘了今天是她与何凌云结识的日子。

时间仿佛被拉回到七年前的那个夜晚。

彼时正逢盛夏，草原上的格桑花开得格外热烈，一片接连一片，仿佛要直冲天际。

他穿着浅驼色的风衣立在一眼望不到边的格桑花海里，手中拿着一束她从未见过的殷红玫瑰，逐字逐句，低念她的名字："佘念念。"

时间过得可真快啊，眨眼她就结婚那么多年了。

可她的念云再也长不大了，永远停留在五岁半那年的秋天。

佘念念的表情瞬间从迷惘转变成悲愤，她用力地挣脱千黎的手臂，一瘸一拐地朝何凌云逼近："你为什么不接电话？"

突如其来的质问让何凌云一时间摸不着头脑，犹自迷茫着，捧在手里的玫瑰就已被佘念念一把夺过，狠狠甩在地上。

"你为什么不接电话？！"

又是一声诘问，泪水又不知不觉滑落。

何凌云皱着眉头扫视一眼停在远处观望的李南泠与千黎，目光又重新移回佘念念身上，然后一路下移，直至落在她左腿染了血迹的绷带上，隐隐带着怒气的声音响起："怎么弄的？"

佘念念不予回答，像台复读机似的，不停地重复同一句话"你为什么不接电话？！"

他低头沉默了很久，才如实说："我想给你一个惊喜。"

"惊喜？"佘念念像是听到了什么不得了的笑话，一把拽住何凌云的衬衫领子，笑容凄厉，"你知不知道那通电话是谁打的？是念云啊！"

直至这时，何凌云才后知后觉地发现情况不对，怔怔地望向佘念念，等待下文。

佘念念泣不成声，再也说不出连贯的话，不停啜泣着低声喃喃"她还那么小……身体那么软……甚至都没见她最后一面……"

何凌云瞬间瞪大了眼，由虚搂着佘念念腰的姿势变为紧抓她的肩膀，太阳穴上明显有青筋在突突跳动，声音即刻降到零度以下，带着无尽的寒意，呼呼地灌进佘念念耳朵里："你说什么？把话讲清楚！"

佘念念不甘示弱地反扣住何凌云的肩，一字一顿："念云她死了。"最后一个字溢出口腔的时候，她脸上绽开森冷的笑，"被我们害死的！"

笑容尚未来得及收敛，佘念念便觉脸颊一痛，竟被何凌云扇了一巴掌。

她像是受到极大的刺激般涨红了眼，一连回扇了三个耳光。

何凌云脸颊即刻红了一大片，甚至还有几道佘念念用指甲刮出来的血印。这次他没有再还手，原本神采奕奕的眼睛里瞬间失去了光彩，垂睫嗫嚅一番，终于说出话来："她现在在哪里？"

佘念念再没说话，李南泠替她做了回答："市一医院太平间。"

李南泠一语落下，周遭再无任何声音。

良久以后，终于有了动静，是何凌云脚下皮鞋叩击地面的声音，无比清晰地在暗夜中响起，一下、两下，最终毫不留情地碾压在那束昂贵的卡罗拉玫瑰之上。

引擎声响起，明晃晃的车灯照亮了一片夜空。

远处刮来了风，卷着残败的玫瑰花瓣与飘浮在空气里的尘埃一同飞舞。仿佛有柔嫩的花瓣擦着佘念念的肌肤一闪而过，丝绸一般丝滑且又微凉的触感令她心绪飘荡，一路回溯到很久很久以前。

"高原上只有格桑花，开不出玫瑰。"

无边的夜色笼罩着她柔弱的身体，没有人能够看清她说这句话时的表情。随后，又是死一般地寂静。

半晌以后，千黎与李南泠听到了她如同呓语一般的声音："明天就出发去洛子峰吧，我带你们去空中陵墓。"

千黎与李南泠一怔，相互对视一眼："好。"

……

洛子峰海拔 8516 米，是世界第四高峰，因为它地处珠穆朗玛峰以南 3 公里处，所以被称为"南面的山峰"。

听佘念念所言，空中陵墓位于洛子峰中峰东侧。

洛子峰地势险峻，环境异常复杂，大小冰川密布，气候变幻莫测，每年 6 月初至 9 月中旬，暴雨、雪崩频繁发生；11 月中旬至翌年 2 月中旬，南下的西北风刮过来，最低气温可达 -60℃。只有在每年的 3 月初至 5 月末的春季或 9 月末至 10 月末的秋季，气候较为稳定，千黎他们这次倒是寻了个好时机。

当天晚上，他们便订了三张飞往拉萨的机票。

千黎是妖身，所谓的高原反应根本不足以影响到她；佘念念所在的异族本就与世隔绝，世代居住在喜马拉雅山脉之上，即便时隔七年，她再度回去，恐怕也不会产生太大的反应；反倒是作为正常人类的李南泠成了几人中最为"娇弱"的一个。

并非一下飞机就会出现高原反应，为了让李南泠的身体适应，他们一行三人足足在拉萨待了三天，方才动身行动。

所谓的空中陵墓，并非真如字面含义，建于半空中，而是位于洛子峰中峰山顶某个毫不起眼的洞穴里。

在佘念念的带领下，他们颇费了一番功夫才找到空中陵墓的洞穴入口。

千黎率先跑到洞穴前，抻长脖子朝里边看了一眼，并没发觉任何异常之处，不禁低声喃喃："会是这里吗？为什么我没有一丁点感觉？"解开前两次封印的时候，她或多或少都有些感应，这次真是啥感觉都没有。

佘念念又怎晓得千黎的来历，并不知道千黎在念叨着什么的她，径直走了过来，又看了那洞穴一眼，说："就是这里，不会错。"

千黎这下越发纳闷了，她指着那小小的洞穴说："难道这里是空中陵墓的锁孔，钥匙得从这里扔进去？"

佘念念摇摇头："并不是，我们得从这里钻进去。"

千黎瞬间瞪大了眼，一脸不敢置信。

这个洞穴入口小得可怜，即便是轻装上阵的她钻进去都有些困难，更何况是穿着厚重夹绒冲锋衣的李南泠。

千黎刚要继续开口说话，一直站在身后的李南泠也走了过来，他做的第一件事便是伸手去丈量那个洞穴入口的大小。

神奇的一幕出现了，他的手根本就触不到那个洞穴入口的边沿，无论往两旁延伸多宽，都触不到实质的物体。也就是说，这里被人施了障眼法，那个仅有千黎腰口粗的洞穴入口不过是假象，无论多大的物体都能轻松钻入这个洞穴中。

千黎脸上终于露出笑意，感叹似的道："原来是这样。"

即便佘念念笃定这个洞穴就是空中陵墓入口，李南泠也不肯轻易让千黎探穴。

没有人知道那幽深的洞穴之中究竟隐藏了一个怎样的世界，是否有可怕的怪物蛰伏在里面，只待给你最致命的一击。

变故就在众人举棋不定之际来临。

被李南泠格挡在最外围的千黎只觉身上一凉，立刻感受到阵阵古怪的妖风擦着她肌肤飞速掠过。

一行三人，唯独她穿得最清凉，也唯有裹得不像粽子的她方有机会察觉到这细微的变化。

她突然就不再挣扎了，闭上眼睛，细细感受风吹来的方向。

就在这时候！

数十根碧绿藤蔓倏地自千黎体内喷涌而出，凿穿山洞的嶙峋乱石与厚重积雪，直捣黄龙！

一股淡淡的血腥味霎时被峰顶狂躁的罡风吹散开，丝丝缕缕，飘到很远的地方。

千黎嘴角一勾，欲再度收回藤蔓，才恍然发觉，自己已然中计。

数十根杀人于无形的藤蔓顿时变作困住她的牢笼，每一根都脱离了她的控制，呈蛛网状向四处蔓延开，堪堪将她困在这个硕大的蛛网正中央。

李南泠当即反应过来，想要去营救千黎，尚未想出应对之计的他无从下手不说，才一动身，就有簌簌山风呼啸而来，紧随而至的是一队穿着异常的黑衣人。

甫一出现，黑衣人就将他们三人分别围了个水泄不通。

千黎眉心微皱，依旧铆足了劲，想将那些藤蔓收回自己身体。

李南泠则神色不明地盯着那圈将自己围得水泄不通的黑衣人，沉吟片刻，定定出声："你们是谁的人？"

回复李南泠的并非圈内之人，而是一个粗嘎宛如钝锯子锯木般喑哑的声音——

"我们是谁不重要，重要的是，交出羊皮卷你们才有活路！"

九、我本就是这座陵墓的钥匙，既然开启了这扇门，便再也出不去。

佘念念同样也被一群突然冒出来的黑衣人团团围住，目前她离洞穴最近，但仍与那个洞穴入口相距半步之遥。

就在那破铜锣音落下不久，佘念念就闷声不响地扎入了洞穴里，速度之快，简直令人咂舌。

围住她的黑衣人们显然都蒙了，一时间竟拿不准该如何进行下一步。

李南泠见机行事，从登山包中抽出个长形物什，紧紧握在手中。

他身上能被当作武器来使的，除却那把万年槐木打造而成的木剑，就只剩斩空。

斩空遇妖方生刃，平日里就跟精钢打造成的模型没两样，对寻常人来说没啥攻击力，斩妖倒是把好手。

李南泠现在也顾不得这么多，有武器便用，他着实没料到，一剑舞下去斩空便生出了剑刃！

所以说……眼前这群围着他的黑衣人并非人，而是妖？

李南泠眼睛里有着一瞬间的迷茫，但很快又恢复清明，手中的动作毫不含糊，斩妖如切菜，于一片鬼哭狼嚎中杀出条血路。

他现在所遇到的这种情况虽少见，却也不代表并不存在。

只要这些妖，依旧畏惧斩空，无论它们用怎样的方式来隐藏自己身上的气息都是徒劳的。

短短几息时间，李南泠身边的妖便被清了个空。千黎也有所行动，她手指依旧灵活，十指翻飞间，那些困住她的藤蔓纷纷断裂。随即，那些断裂的藤蔓像游蛇一般猛地扎进那些妖的身体。随着藤蔓的断裂，千黎也因此喷出大口鲜血，可她却像个没事人似的，随意擦了擦嘴角，就迈步朝洞穴所在的方向走。

她走的每一步看似寻常，实则铆足了劲，不断朝外释放骇人的威压。

她虽仅剩三成功力，但周身的气势依旧可媲美全盛时期，无形的气压翻天覆地汹涌而来，道行差些的妖直接被压得全身冒冷汗，有些甚至膝盖一软，直扑扑跪在坚硬的冰川之上。

李南泠强行抑制住自己想要匍匐下跪的冲动，两手紧握成拳，亦步亦趋地跟在千黎身后走。那些跪下来的妖甚至都不敢正面与千黎对峙，捂着气血翻涌的胸腔摇摇晃晃地后退。

破铜锣音再未响起，那群妖竟就这么看着千黎与李南泠径直跃入洞穴。

直到他们的身影完全被黑暗所吞噬，那个破铜锣音才再度响起："你们待在这里好好守着！"

千黎一口气弄断了数十根藤蔓，自然不会像表面上一样云淡风轻。她才跳入洞穴，脸色就明显苍白了几分，并且嘴角不停地溢出鲜血，显然是受了极重的伤。

李南泠比她重，下坠的速度自然比她更快些。

这种坠落感只持续了几分钟，千黎便砸到一个柔软的物体上，她的第一反应便是自己砸到李南泠了。她伸手去摸了好几下都没摸到所谓的人形物体，千黎这才松了一口气，否则她可不敢保证会把李南泠砸成几级伤残。

就在千黎走神之际，她身下的柔软物体突然之间就像流沙一般流淌开，而她并未就此下沉，而是像块木头似的漂浮在这古怪液体上。

这是一种十分奇妙的感觉，千黎非但没有挣扎，反倒十分乖巧顺从地随波逐流。

这些液体仿佛在朝某个方向汇聚，随着距离的不断拉近，千黎心中突然一悸，一股极其熟悉的气息瞬间涌来！

千黎渐渐收敛起流露在脸上的表情，缓缓合上眼帘，集中注意力去感受那股不知从何方幽幽笼来的气息。

她再度睁开眼的时候，身下的液体已然凝固，十分 Q 弹，像果冻一般。

千黎尚未来得及感叹，就听到了李南泠的声音，随后一双手搭上她的肩，将她从那团"果冻"上扶了起来，来人正是李南泠。

千黎脸色依旧算不上好看，嘴角却是带着笑的。

那股子熟悉的感觉越发强烈，宛若一张无形的网，将她紧紧笼罩其中。

李南泠瞬间就发觉千黎不太对劲，刚要开口询问，身后就传来了佘念念的声音，她声音虽小，却难掩激动："门开了。"

随着佘念念话音的落下，地面开始剧烈震动，霍然拉回千黎的思绪，她与李南泠同时转身，只见一扇近三米高的巨大石门徐徐开启，露出里边略显幽暗的古墓。

这下不仅仅是千黎，就连李南泠和佘念念心里都涌出一股奇异的感觉。

只不过相比较千黎，他们的这种感觉要更加虚无缥缈一些，于顷刻之间涌上心头，又忽而全部消失不见，令人捉摸不透，究竟是自己真实感受到的，还是划过心尖的错觉？

不过须臾，那扇门便全部打开，首先闯入三人眼睛里的是一扇红木镶边的硕大屏风，泛黄的纸面上画着各种奇怪的符咒，这些符咒洋洋洒洒地落在遮蔽前方所有景物的屏风上，仿佛看不到尽头。

那股熟悉的感觉越来越强烈，千黎几乎就要控制不住自己，尚未等佘念念发话，她就犹如箭一般地冲了出去。尚未触及屏风，她整个人就犹如撞上一个透明的结界般被弹飞，猛地撞击在身后已然关闭的石门上。

李南泠见此情景连忙赶过去。

李南泠尚未来得及搀扶，千黎就立刻从地上弹了起来，气呼呼地指着那扇屏风骂："待破了封印，看姑奶奶不撕烂你！"

李南泠原本要伸出去的手也适时收了回来，止不住地笑："对着一扇屏风都能破口大骂的也就只有你了。"

千黎一声冷哼，拍了拍身上并不存在的灰尘，昂首挺胸地朝前走。

也就是在这个时候，悠悠从千黎身上收回视线的佘念念也忍不住伸手想去戳戳那扇屏风，依旧是尚未靠近她就被弹开，反应却不似千黎那般大。那是一股极其柔和的力量，如果非要用种东西来形容，佘念念脑子里首先冒出来的依旧是果冻。

　　是的，那种感觉就像是手指触碰到了 Q 弹的果冻，自然而然就被轻轻弹开了，绝不像千黎那般像是直接被人拽开的。

　　佘念念这般想着，李南泠就已经牵着千黎再次靠近那扇屏风。这次千黎学乖不少，与那屏风隔得远远的，脖子抻得老长去看，活像只长颈鹿抑或是小乌龟。

　　李南泠又忍俊不禁一笑，视线回到屏风上，试着用手指去轻轻触碰。

　　与千黎以及佘念念不同的是，李南泠并未感受到一丁点阻力，手指像是穿透层层微凉的水波，他才触及那扇屏风，屏风之上的古怪的字符就像溶进水里的墨一般化开了。

　　这突如其来的一幕令在场三人皆是一惊。

　　随后那扇屏风就像是被人从中推开了一般，生生开出一条路。

　　见到此情此景的佘念念不禁满脸震惊，就连李南泠本人都面露惊色，倒是千黎依旧一副理所当然的样子，径直穿过那扇屏风，沿着脚下的碎石子路一路往前走。

李南泠即刻追了上去，徒留佘念念一人依旧愣在原地。眼见千黎与李南泠就要走远了，佘念念不禁甩了甩头，轻声道了句："应该只是想多了。"

千黎约莫往前走了数百米，终于停下脚步，驻足站在一株银杏木前。

那是一株直径足有一米的千年银杏木，被人一刀削至半米高，树干已被掏空，里面满满塞着拳头大小的枭桃。

枭桃即经冬不落的桃子，干后悬挂树上，如枭首之状，故名枭桃。

常言道："枭桃在树不落，杀百鬼。"

无论是千年银杏木还是枭桃，皆是镇邪的纯阳之物。

最后赶来的佘念念甫一看到这株银杏木，心中顿时就有了不好的预感。她尚未来得及开口说话，李南泠就已经从套着防水袋的登山包里掏出一把万年槐木打造的木剑，狠狠朝那银杏木砍去。

也就是在这个时候，佘念念才发觉，那株银杏木周身竟然还缠着贴满符咒的古铜色链条，它们被隐藏在银杏木的繁茂枝叶间，不仔细观察几乎看不见。

砍至第三下的时候，那些锁链便"咔嚓"一声断裂，李南泠又是一剑下去，只听一声脆响传来，整株银杏木都在开裂，灌在银杏木树干内的枭桃滚落一地，现出一团被明黄色符纸包裹住的物体。

千黎怔怔望着那团不明物体，声音在颤抖，明显在压制着什么："你们先回避。"

李南泠将剑收入登山包里，转身望向佘念念。

佘念念只觉有一股说不清道不明的感觉霍然涌上心头，她强忍住想要呕吐的欲望，苍白着脸色与李南泠一同并肩走出去。

直至走到屏风所在的位置，李南泠方才停下步伐。

这个时候，佘念念脸色明显好看许多，她沉吟半晌，才仰头望向李南泠，欲言又止地说："你家祖上是否出过一个修道的大能？"

从未料到佘念念会问这种问题的李南泠不禁一愣，当即便表露出自己的疑惑。

佘念念却连忙收回视线，自言自语似的说："看你刚刚拿木剑的样子挺有气势，突然就想到了而已。"

李南泠眉峰微挑，显然并未相信佘念念的说辞。

他从来就不是强人所难之人，既然佘念念有意遮掩，他也不会一路打破砂锅问到底。

因为之前的对话，两人之间的氛围莫名变得十分古怪，此后一直保持安静，像是再也没人愿意开口说话。

就在李南泠以为他们之间将一直这么沉默下去之际，佘念念又开口打破了沉寂，一开口问的却是："她大概不是普通的妖吧？"

那个她自然是指千黎。

佘念念很小很小的时候，上任神女就与她说过，她们最大的职责并非供族人跪拜，做他们的精神信仰，而是守住位于洛子峰的空中陵墓。

空中陵墓之所以被称作陵墓，自然是葬了尸的，只是这尸并不完整，而是其中的某一部分。

彼时的她尚且年幼，并不知晓为什么会有人费尽心思建造这么大一座陵墓来埋葬这一小块东西。

直至如今，她方才明白，这哪里是埋葬了什么东西，分明就是封印了什么力量强大的妖魔！

佘念念并不后悔。

那些过往旧事早就化作飞灰消逝在历史的洪流里，她不过是一个看到最终结果的后人，又岂能轻易下定论谁是正义方，更何况，善与恶的界线哪会这么分明。

更何况……若是没了这座陵墓，族里大抵就再也不会有神女现世了吧？如若她能成为神女的终结者，倒也挺好。

李南泠没有来得及回答佘念念的问题，因为千黎已然穿过了屏风，施施然朝他走来。

第三重封印的解除，使千黎看上去与先前又有了不同。如果说先前她还只是一个十五六岁的萝莉，现在却已俨然长成了个十七八岁的少女，周身气息越发凛冽，隐隐展露出慑人的气势。

佘念念盯着突然出现的千黎看了很久，然后如释重负地吁出一口气，嘴角不自觉地勾起，只说出四个令人摸不着头脑的字："我明白了。"

没有人知道她究竟明白了什么，地面开始震荡，整座陵墓开始塌陷。

千黎面色一变，左手牵着李南泠，右手挽住佘念念的胳膊，准备奋力冲出去。佘念念却一把将千黎推开，猛地冲入屏风内。

变故来得太快，千黎与李南泠甚至都未反应过来，佘念念就已消失在他们的视线里。

四周突然恢复平静。

两人只觉眼前一花，就已经回到了洛子峰中峰的山洞入口处。

洛子峰之巅白雪皑皑，山风呼啸，吹散了从山洞中传来的缥缈回声——

"你们走吧，我本就是这座陵墓的钥匙，既然开启了这扇门，便再也出不去。"

十、彼时正逢盛夏，草原上的格桑花开得格外热烈，一片接连一片，仿佛要直冲天际。

佘念念是异族人，确切来说，是与夏尔巴人一样的未识别民族。不同的是，夏尔巴人因给攀登珠穆朗玛峰的各国登山队当向导或背夫而闻名于世，而佘念念的族人依旧与世隔绝，几乎没有外人知道他们的存在。

七岁那年，佘念念从一群普通女孩中被层层挑选出，成为族人看来沐浴无上荣光的活神女。

所谓的活神女，不过是以血肉之躯给需要信仰的族人塑造出一尊活雕塑。

除却族中的各大祭祀，她几乎从未离开过神女专属的庙宇。

她端坐庙宇上方，就会有族人向她祈福。

族人对她既敬畏又尊崇，好像她真是拥有一切力量的神女。

在族人面前，她的脸上不能流露出哪怕一丁点感情，她不能哭，也不能笑，仿佛真是来自九重天上、不食人间烟火的神女。

与那无上荣光相对应的是，无尽的孤独。

同龄的孩子或是嘻嘻哈哈围坐一团玩耍，或是缠在父母怀里撒娇嗔闹，唯独她一人被禁锢在那牢笼般的庙宇中，直至选出下一任神女，重复她的使命……周而复始，千百年来从未中断。

遇见何凌云是在她十九岁那年的夏天。

那日正逢母神节，突然落入祭坛的白衬衫少年于一瞬之间吸引了所有人的注意。

有人说，他是不祥之人，将给族人带来不可磨灭的灾害；亦有人说，他是母神派来的使者，将带领异族走向鼎盛。

她没能看到族人对他的最后处决，翌日清晨，天微微亮，他便被族人抬进庙宇接受洗礼。

她像个行将就土的木讷老人般面无表情地诵念着经文。而他早就清醒，却一直装晕，直至所有族人都退出庙宇，才微笑着朝她眨眨眼。

从未遭人这般对待的她又惊又怒，才要出声呵斥，他就已经一骨碌从地上爬起，明明整个人被捆得像个粽子，却还能笑吟吟地一路蹦到她眼前，一派风流地对她说："美女，替我松个绑呗？"

佘念念自然懒得搭理他。

他也不恼，就这么一直站在那儿，似笑非笑地望着一张讨债脸的佘念念。

佘念念不过是看似平静罢了，实际上心里早就乱成了一锅粥。她再如何不食人间烟火，却依旧是个稚嫩的少女，恰逢情窦初开的青春年华。

被盯得久了，佘念念面上自然一片绯红，偏偏她又不知道躲，梗直了脖子死瞪着何凌云。

本以为两人就一直这么大眼瞪小眼瞪下去，结果紧闭着的雕花门外突然传来一阵脚步声。

门"吱"的一声被人从外拉开，大片大片刺眼的阳光亦随之洒落进来。

佘念念眯眼望着屋外来人，赫然是族里那秃了半边头的大祭司，他手里提着个古香古色的八宝食盒，想来是给佘念念送餐的。

悠悠收回目光的佘念念刚要将视线重新落回何凌云身上，可一眼扫过去，哪儿还见得到何凌云人影。她先是一怔，视线又往下扫了几寸，这才看到何凌云。

他老人家早就神不知鬼不觉地原地躺好了，连眼睛都闭得紧紧的，俨然一副依旧重度昏迷的模样。

佘念念可没那么多闲工夫来揭穿他，从大祭司进门再到出门，她从头至尾都板着一张脸，仿佛有人欠她钱十辈子都没还清似的。

大祭司将食盒里的碗碟一盘盘摆在供桌上，行了礼后便退下。关门声才响起不久，何凌云就睁开了眼，灵活地从地上蹦了起来，用一种在佘念念看来称得上是穷凶极恶的眼神猛瞅着那整整九碟菜，肚子也十分配合地"咕噜"叫了一声。然后整个人又变得内敛起来，不似先前那样奔放，显然是因为丢了面子而感到羞涩了。

佘念念稍稍有些犹豫，踟蹰良久，才伸手指着供桌，轻声问了句："你吃不吃？"太久没与人说话，她原本清脆的声音略显沙哑。

她说的是汉语，虽仍带着异族口音，何凌云却听得真切。

他先是一愣，显然未曾料到佘念念还会说汉语，旋即嘴角漾出一抹笑，又往前蹦了蹦，与她越发靠近，缓缓吐出四个字："当然吃的。"

那么问题又来了。

他这个样子该怎么吃呢？

何凌云嘴角噙着细若柳丝的笑，眼神一直不安分地在佘念念身上游走，又于无形之中将她调戏千百遍。

佘念念这下是真陷入两难的境地，既不能直接给他松绑，也不可能喂给他吃，她盯着他看了半天，最终还是替他松了绑。

本以为佘念念要亲自喂自己吃的何凌云大感意外，一边揉着手腕，一边说："你不怕我逃走？"

佘念念不予回答，以行动回复他，随手拿了个红润的苹果，看似不经意地一掰，苹果就立即裂成切面平整的两半。

何凌云叹为观止，老老实实地蹲在供桌前吃东西。

两人的第一次亲密接触正是在这顿饭结束后。

一个小时后，依旧装昏迷的何凌云被两个身强体壮的异族少年扛走，一消失便是十天。

何凌云的消失并未给佘念念带来任何不适，她早就习惯了孤独，那才是陪伴她一生的宿命。

虽然每天都有人专程跑来跪拜她，可她依旧是清闲多过忙碌。

异族部落的人虽久居深山，先祖却都是汉人。每隔十几年族里都会特意派遣些族人去外边的世界讨生活，倒也不算是完全与世隔绝。佘念念的汉语便是跟那些人学来的，会说的话不多，却也勉强能与人进行交流。

佘念念本以为何凌云早就被族人遣送下山，可她着实没想到，十天后，何凌云竟会与她的子民一同进庙对她进行朝拜。只不过相比较虔诚的族人，他根本就像是跑来游玩的，别人双手合十高念颂词，他却以手遮脸，在佘念念视线扫来的时候，比了个胜利的手势，还生怕佘念念看不懂似的，又朝她眨了眨眼。

佘念念又不是他肚子里的蛔虫，才不会因为他胡乱比画一通，就明白他究竟在说什么玩意儿。可她却也没把这事放在心上，索性垂下眼帘不去看，任由他在下面瞎扑腾，犹自稳如磐石，岿然不动。

除却一些重大的节假日，佘念念上午十点以后几乎可以说是闲得发慌。所幸庙中供她消遣的书籍足够多，否则，她怕是真得在发呆中度过这一个又一个漫长的日与夜。

族里未通电，族人往往九点不到就躺在了床上睡觉，佘念念亦如此，她的卧房也在这座庙里。

今天她却翻来覆去，怎么都静不下心来睡觉。近十一点的时候，窗外突然有了动静，"咚咚咚"三声响，像是有人在敲窗。

佘念念犹自戒备着，外头又传来一个低沉的男声，并非他们日常所用的异族语言，而是无比标准清晰的汉语："是我，快开窗。"

佘念念长这么大，还是第一次被异性半夜扒窗，正因为不曾经历过，所以她才会不知所措。担心何凌云的敲窗声会引来守庙的族人，她索性直接爬起来，去替何凌云开窗。

此时正值盛夏，窗户甫一被推开，就洒落了一地皎洁月光。

雪山之上，即便是盛夏，温度都不会高于二十摄氏度，何凌云一袭浅驼色风衣，眉眼带笑，静静站在那里，不言也不语，身后是一株仍包着花骨朵的红花木莲。

一刹那，佘念念恍然觉得自己像是闯入了一幅画里。

然后，听到他朗润的声音在夜色中徐徐响起："要不要跟我去个地方？"说这话的时候，恰好有阵清风拂过，整幅画卷仿佛活过来一般。明明整幅画是带着寒意的冷色调，却因他漾在唇畔的丝丝浅笑，而渐渐晕染出一团又一团的暖光，直奔人心房。

一阵恍惚中，她听到自己无比清晰的声音："好。"

这里虽有守庙人，却压根起不到实际作用，否则也解释不清何凌云究竟是怎样混进来的。

并非族人不重视神女的安危，而是，这里的人自记事以来就在脑子里埋下了神女是不容亵渎的思想。随着年龄的增长，这种思想犹如一颗种子不断生根发芽，逐渐长成一棵参天大树，没有人敢去冒犯宛若神祇的活神女。退一万步来说，即便真有脑回路异于常人的族人，想半夜去诛仙弑神什么的，也得打得过佘念念这尊天生"神力"的活神女呀。

何凌云怎么来的就怎么出去，一路领着佘念念，如过无人之境，不到十分钟就"越狱"成功。此刻两人正一起站在距离庙宇千米之外的草原上赏花观月。

彼时正逢盛夏，草原上的格桑花开得格外热烈，一片接连一片，仿佛要直冲天际。

他穿着浅驼色的风衣立在一眼望不到边的格桑花海里，单手负背，有种遗世独立的意味。

自懂事以来，佘念念便未离开过那座庙宇，从不知道庙外会是这样一个世界。她没由来地被繁花迷了眼，甚至都未察觉到何凌云在步步逼近。等她意识到这一点的时候，她与何凌云之间隔了不到三十公分的距离……

　　她甚至都能感受到他温热的呼吸拂过自己的脸颊，一下又一下，完全不同于微风拂面时的微凉感。她面上一阵燥热，一股酥麻感渗入肌理，一路蔓延至心尖。很久很久以后，她才恍如触电一般地弹开，直直后退两大步，"唰"地一下将两人间的距离拉开。

　　佘念念的过激反应惹得何凌云朗声大笑。他就像世间任何一个情窦初开、不停恶作剧想惹心爱的姑娘注意的青涩少年一样，见心爱的姑娘面露羞涩，越发起了捉弄之心。

　　直至佘念念气得直跺脚，想转身离开，他方才收敛起玩笑之意，将那束来之不易的高山玫瑰横在他与佘念念之间。

　　佘念念不懂个中套路，从前每逢盛大节假日也都会有人向她献花。

　　藏地以格桑花最为常见，所含寓意也都是些幸福、美好之类的字眼，是族人向她祈福，献格桑花给她，期望能得到幸福。

她虽在书上见过玫瑰的图片，却依旧不懂赠人玫瑰所蕴藏的含义。

她犹自懊恼着，何凌云已然捧着玫瑰步步靠近，像念书似的，逐字逐句地低念她的名字："佘、念、念。"

朗润的男低音掠过空气，擦着耳畔飞过，像句魔咒似的在佘念念心间不断盘旋环绕，她的呼吸突然变得急促，心尖上像是有蚜虫在轻轻啃咬，说不出的酥痒。

……

十一、何凌云也不止一次地想，如果那天佘念念没有半路拦截自己，又会怎样？

不知道从什么时候开始，佘念念脑子里满满都是何凌云。

她做了整整十九年的面瘫，不善于表露情绪，更不明白，自己如今这种情况是族人口中的"动了凡心"。她只知道，半天没见到何凌云，自己都难受得紧，见了又会没由来地心慌。既不想与他说话，又不愿意看到他不搭理自己，甚至连他多看几眼身旁的姑娘，她都能怄气，恼上好几天。

彼时的她尚且懵懂，不晓得自己终究还是被何凌云拉入了这十丈软红尘。

她不知晓盘踞在前方的究竟是什么。

情之一字，不知所起，不知所栖，亦不知所终。说白了不过是一叶障目，遮蔽了原本清晰可见的道路。

何凌云的辞别信是在半年后的一个晚上被族人递上的。

所有人都知道他将要离开，唯独佘念念一个人被蒙在鼓里。

得知何凌云离开的消息是在当夜八点钟左右。

那是一种无法用言语来形容的悲愤，当自己真正面对的时候，佘念念才知道，原来书里面所描述的怒发冲冠是真实存在的。她几乎气到全身都在发抖，原本戴得稳妥的朝冠没由来地就被头发顶开，瀑布一般的青丝铺满一肩。

佘念念虽常年独居在庙宇之中，但每逢佳节她都会坐在特制的车辇上出庙游行，以传圣辉，故而，她自然能猜到，何凌云此时会走哪条路。

一刻钟后，抄小道一路狂奔的佘念念终于在全族唯一一条主干道上拦截到何凌云。

此时的她衣衫不整、发髻散乱，哪里还有平日里的端庄圣洁模样。可她终究是个美人，即便把自己弄得如此不堪，也依旧是美的，甚至比平日里多了几丝慵懒和不羁。

她就这样大剌剌地横在道路中间，让背着登山包埋头前行的何凌云大吃一惊。

"为什么不辞而别？"她咬字清晰，一字一顿，短短七个字，像是被人生生凿刻在夜色里。

何凌云眸色深沉，映着皎白的月光，他定定端视着佘念念精致的脸庞，叹息似的说出一句算不上完整的话："我们不是一个世界的人。"既没有解释为什么不是一个世界的人，也没有接着往下说，所以，他们之间该如何是好。

佘念念声音里有愤怒、有不甘，亦有泫然欲泣的悲怆："那你要我怎么办？！"

"怎么办？"何凌云嘴角勉强扯出一丝苦笑，沉默许久，他终于又出声，"你该明白，我其实是别有目的的。"说到这里，他稍作停顿，又深深望了佘念念一眼，方才继续，"我主修人类学，混入你们族里，说白了就是为了研究你们，我一直都在利用你，你懂吗？！"

"我不懂！"佘念念围着眼眶打转的泪水终于落了下来，带着浓厚哭音的声音骤然响起，"我不准你走！你回来！"

何凌云终于幽幽叹了口气，说出的话语仿佛淬了毒一般，连带挂在脸上的笑都骤然冷了几分："即便我留下来，我们也不可能在一起。"

这个问题，佘念念又怎么可能不知道，只是不愿意去想而已。

她的气势瞬间被卸去，依旧两眼含着泪水，期期艾艾地望着何凌云："那……我可以和你走……不论去哪儿……"

话尚未说完整，她整个人便抑制不住地开始干呕，动静之大，顿时吓得何凌云手足无措。他也顾不上自己是否该继续疏离佘念念，连忙冲上去，拧着眉，轻轻拍打着她纤瘦的背。

佘念念的干呕一时半会儿根本止不住，也就是在这个时候，何凌云突然意识到一个问题，脑子里像是有根弦突然绷断。

在佘念念止住呕吐的时候，他连声询问："你……多久没来月经了？"

佘念念被这个问题问得怔住，何凌云不留丝毫让她喘息的余地，以为佘念念听不懂那个词汇，在她发愣之余，他又连换了好几个说法："就是，月事、天葵、葵水！"

佘念念不知何凌云怎么突然就提起这么隐私的问题，尚未来得及羞涩，又听到何凌云急切的声音："快点告诉我！"

佘念念这才意识到这件事的重要性，回想了很久，才有些不确定地说："三个月，抑或三个半月吧……"

何凌云重重地喘了口气，顾不得佘念念如今的反应，直接伸手去摸她的小腹，果不其然，小腹已经微微隆起，不复从前平坦。

他眼睫微垂，鸦羽般的浓密长睫毛瞬间遮蔽住他眼中的情绪，让佘念念一时间捉摸不透，他究竟在想什么。

过了很久很久以后，佘念念又听到他沉重的叹息声："我们走吧。"

佘念念夜逃的事不知怎么就被泄露，那夜她与何凌云一路抄小道携手狂奔，而他们身后是牵着猎犬举着火把一路追击的异族族人。

小道虽隐蔽，却崎岖不平，佘念念脚下一个不稳，整个人都往山坡下栽。何凌云手疾眼快，立即去拽她手腕，却因下坠的惯性过大，两个人抱作一团，直扑扑滚下山坡。

山坡下的草有及膝深，两人默不作声地静静趴在那里，并未引起坡上异族人的注意。窸窸窣窣的声响渐渐远去，凝神屏息的何凌云终于松了口气，低头再看佘念念，才发觉她眉心紧皱，面色惨白，原本红润如花瓣的两瓣唇亦轻颤。她像是忍着剧痛，在与他说些什么，可她的声音实在太轻，他将耳朵贴近去侧耳倾听，才听清她破碎的话语："血……好多血……"

血腥味随之扑鼻而来，佘念念声音越来越低，说出的字眼越来越让人听不清。最后她甚至放弃与何凌云在言语上的交流，破碎的话语全都变成断断续续的呜咽。

温热的泪水像断了线的珠子似的不断从她眼角滑落，一颗接一颗，无一例外地全部砸在何凌云手背上。

这一刻他既烦躁，又懊恼，更多的还是不知所措。

这种事，从前也不是没发生过。

那时候，他放假回国，经朋友介绍认识了一个小网红。一来二去，那小网红就偷偷怀上了，在他临走的前一夜才打电话告诉他这个消息。

那件事最后是怎样处理的，他到现在都还清晰记得。

是他母亲一贯的做事风格，既然不肯收钱乖乖去医院打胎，那就打到你流产为止……

他并未亲眼见到那血腥的一幕，也没有一丝同情之心，有的只是对那个小网红不自量力的鄙夷。

佘念念的哭声越发微弱，轻得像是小奶猫在哼哼。

他动作僵硬地轻轻拍打着佘念念的背，说出这二十多年来第一句安慰人的话："你别哭，别哭，我娶你，以后我们会有很多很多的孩子。"

他不知道是什么样的意念支撑自己抱着佘念念说了一整晚的话，望着她渐渐融入夜色里的乖巧睡颜，他脑子里无端冒出个荒诞至极的念头，就这样抱着她过一辈子似乎也挺好。

这个念头才从脑子里冒出，他就被自己这个想法给吓了一跳。

这是开什么玩笑！他拼命晃头，克制自己不要乱想。

东方天际终于露出了一丝鱼肚白，何凌云整条手臂都被佘念念枕麻了，也不敢抽出来，生怕把她吵醒。毕竟她可是才流过产的人，能让她休息多久就多久吧。

这个计划在他们身边经过一驾牛车时被打破。

何凌云登时就激动了，再也顾不上佘念念是否还趴在他怀里睡觉，连忙钻出昨晚临时搭建好的帐篷，朝那赶牛车的大叔叫唤。

大叔是当地藏人，恰巧佘念念会说些简单的藏语。

一番简单交流之后，大叔便爽快地答应捎带他们俩一程，答应将他们送到帕卓区简易公路。

何凌云想以最快的速度回到菏泽，只能选择在帕卓区简易公路拦车去协格尔，再坐从协格尔到日喀则的车去拉萨乘飞机。

回到菏泽后，何凌云并未直接带佘念念去见父母，而是将她安置在某私家医院，在她调理了近半个月之后，才携她回去见家长。

他的父母皆是在名利场里摸爬滚打沉浮半辈子的人，又怎么会轻易看上这么个来历不明的异族女子？他也不急，给自家父母看过一眼后，就将人给金屋藏娇藏了起来，直至她再度怀孕，直接带人领着个红本本再度杀回家。

平日里无病无痛、保养得宜的二老几乎气到昏厥，但看在佘念念怀有身孕的情面上勉为其难地接受了这门婚事。

两人的婚礼极尽奢华，佘念念从此正式成为何凌云的妻子。

何凌云尚未毕业，蜜月都没能度完，又得飞往英国继续念书，佘念念则由何家人全程照顾。

当年十一月，佘念念诞下小念云，何家好不容易热起来的脸又瞬间降到冰点。何凌云远在英国念书，佘念念每一通电话都在哭诉和抱怨，起先何凌云还能耐着性子去安慰去开解，到了后面越来越不耐烦，或是不接电话，或是陌生女人替他接……

佘念念不知道自己究竟是怎样度过那样一段暗无天日的时光。

出现转机是在何凌云毕业回来的那年，她终于能搬出去与何凌云同住。

她本以为所有的黑暗都将成为过去，新的问题却又接踵而至。

毕业后的何凌云顺理成章地在父母公司上班，平时难免会有应酬醉酒而归的时候。那天中午，佘念念亲耳听到醉酒醒来的何凌云与人通话："呵呵，大山里出来的女人，你跟她能有话聊？做个屁的饭，天天点外卖，她连菜都不会切，灶台和电磁炉更是碰都不敢碰。好了好了，别瞎扯，真觉得烦！"

才挂断电话，何凌云就被菜香所吸引，径直走向餐厅，一眼就看到桌上整整齐齐地摆了四碟菜。他坐下来的时候，佘念念恰好端着第五盘菜从厨房走出来。

何凌云大感意外，不知道今天究竟是什么日子的他抄起筷子率先夹了只蒜蓉开背虾。只咬上一口，他便知道不是平常点的那家店，味道实在不咋的，甚至可以说，有点难吃。

他也不直接开口抱怨菜不好吃，只挑着眉说了句："这家外卖味道挺特别的。"

佘念念却不接话，直接把端在手里的菜倒扣在桌面上，神色不明地说："今天是我们的结婚纪念日。"停顿的空当，她把手摊开，在何凌云眼前轻晃，上面密密麻麻布满了明显的刀痕，左手虎口处甚至还有一处新伤仍在渗血。

"这些都是我做的，我一直都在努力学做菜，因为你说，你想吃我亲手做的菜。"

何凌云心绪复杂，试图开口解释，佘念念已然转身离开，只轻飘飘地落下一句话："可你不配！"

何凌云原本都做好了道歉的准备，听到"你不配"三个字时气得几乎就要掀桌。他哪里受过这种气，将桌上的碗碟扫落还不够解气，索性起身，把屁股下的凳子也给摔了，方才有些收敛，直接砸门而去。

佘念念抱着小念云缩在床上哭，关门声"砰"地一下响起的时候，一个既熟悉又陌生的声音突然在她脑子里炸开："啧，啧，啧，真是个可怜的人儿……"

那天以后，佘念念与何凌云的关系越来越僵，甚至同在一个屋檐下，都不说一句话。何凌云在家的时间越来越少，佘念念心魔越来越重，谁都不曾料到，他们之间会变成后来这样。

何凌云也不止一次地想，如果那天佘念念没有半路拦截自己，又会怎样？

或许他会自责、会内疚，可佘念念呢，怕是会成为他触不到的白月光吧，而不是如今，闹得像仇人一样……

后记

何凌云怎么都睡不安稳，突然梦到那年佘念念和他一起滚下山坡的那个夜晚。

佘念念趴在他怀里，不停地问："我们以后真的会有很多很多孩子吗？"

那时的她声音轻得像小奶猫似的，挠得人心头发痒。

他本想低头轻嗅佘念念的发，没由来地就从这场梦中醒来。他做的第一件事便是拨打佘念念的手机，电话那头是不带一丝感情的机械话语："对不起，您拨的号码是空号。"

何凌云没由来地心慌，心脏像是被什么尖锐的物品给剜去一块，空荡荡的，疼得厉害。

洛子峰。

千黎与李南泠只觉眼前有白光一闪，下一瞬，人就已经被送到墓穴外。

那个破铜锣嗓恰好与自己的帮手蹲在洞穴外，到处寻找入口机关，冷不丁冒出的两个人简直把他俩吓得魂飞魄散。

千黎现在的心情着实算不上好，恰恰好又恢复了三成修为，正值狂躁的时候，二话不说就抽出藤蔓把那两人给捆成一团，然后勒着那破铜锣嗓的脖子，阴恻恻地逼问："你们是什么人派来的？"

破铜锣嗓起先不肯说，等到真要窒息的时候，连忙梗着脖子说："李先生。"

这个世上姓李又处心积虑地对付李南泠的人，除却李南泠的哥哥还有谁。

千黎没别的问题要问，逼出一个答案后，将发问权交到了李南泠手中。

称得上是机密的事情这些小喽啰断然不会知道，鸡毛蒜皮的小事李南泠又不屑去问，他还真没啥好问的。

千黎深知其意，面上露出怪异的笑容来。那个破铜锣嗓似乎有所察觉，连忙扯着嗓子说："你要干什么？"

千黎毫不避讳地直说："干掉你。"

那破铜锣嗓似还不肯死心，若不是行动遭到千黎限制，恐怕早就"扑通"一声跪在地上狂磕头。

"别杀我，别杀我，我知道得很多，无论你们想知道啥，都能问我！"

千黎都懒得回话，他像是已然察觉到千黎的心意，面上又透露出一丝狰狞，竟有种鱼死网破的决绝，无不讽刺地说："你们出尔反尔，还好意思自称正人君子！"

千黎白眼简直翻破天际："第一，我们究竟应允过你什么了？第二，本座从来都是作恶的一方，什么时候自称正人君子了？"

破铜锣嗓无力辩解，千黎眼睛一眨，他与那从头至尾都没说过一句话的同伙就化作尘蔺散去，威力比几个小时之前强了不知道多少倍。

　　千黎与李南泠回到拉萨已是三天后。

　　上午十点半，拉萨贡嘎国际机场。

　　千黎撕扯着面包往嘴里塞，慢悠悠地往登机口走。

　　与她并肩而行的李南泠突然停下步伐，望向右方。

　　有所察觉的千黎即刻停下脚步，顺着李南泠的视线望去，只见何凌云拖着硕大的行李箱，面色凝重地走入机场。

　　千黎一声嘀咕："他来这里干什么？"

　　李南泠拍拍她的肩，示意她继续往前走，还未跨出一步，身后就传来何凌云的声音："两位等等！"

　　两人回过头去，何凌云已然拖着行李箱朝他们所在的方向跑来。

　　千黎面露嫌弃地翻了个白眼，将一整块面包揉成一团塞进嘴里，把腮帮子填得鼓鼓的，含混不清地问道："你来干什么？"

　　何凌云显然早有准备："念云的后事已经处理完，她现在在哪里？"

千黎懒得再接何凌云的话。

李南泠嘴角漾起细若柳丝的浅笑，声音是一贯的温润："你必然十分清楚佘念念究竟是什么身份。"说到此处，他刻意停顿，打量何凌云一番才接着道，"当年你带着佘念念一同离开的时候，就该知道，她背叛族人的下场是什么。"

说到此处李南泠不再继续，留给何凌云无限遐想的空间。

"我不信，我不信。"何凌云魔怔一般地喃喃自语，"她怎么可能会回去，她明明那么讨厌那里……"否则，他当年又何必不要命似的带她逃离。

千黎实在看不下去："人家活着你又不珍惜，死了你来哭哭啼啼的，你说你是不是贱？"

……

后来听说何凌云并没回菏泽，与七年前那般，花重金雇了支登山队再度攀登洛子峰。

只是这次，他再也没下过洛子峰，连同那支号称全球最顶尖的团队。

可是，这又与她有什么关系呢？

千黎啃了一口苹果，削葱根般白嫩的指尖点点羊皮纸上被圈着的两个字：

"下一站，咱们去苍南。"

——菏泽卷完——

苍南卷

一、做笔交易吧，我用一个秘密和你交换。

刚到苍南市，李南泠就收到一张神秘的彩色小卡片。

他不动声色地自皮夹中抽出一张钞票塞进服务生的胸襟口袋里，嘴角漾起和善的笑意："知道多少说多少。"

服务生端盘子的手一紧，终究还是抵抗不了毛爷爷的诱惑，俯身贴在李南泠耳畔说："是个女孩送来的，大概是二十分钟前进的店，黑色头发，很长带着卷，个子不高，戴着口罩只能看到上半张脸。"说到这里，他忽地停顿，回忆一番，才接着说，"不过眼睛很大很圆，一看就是软妹子。嗯，还有衣服，好像是红色和白色的，穿着裙子。"

服务生一口气说完所有他知晓的，李南泠微笑着让他退下，将那张荧光绿的小卡片推至仍在埋头苦吃的千黎面前，晃了晃手指："快看看。"

千黎在用刀叉给鸡翅做骨肉分离"手术"，正进行到最关键的时刻，她头也不抬地说："有什么好看的，直接跟我说你的想法不就是了。"

李南泠极委屈地一摊手："就是没想法，才给你看呀。"

千黎专心听李南泠的话去了，小手那么一抖，功亏一篑。

气到不行的她直接叉起被捅得稀烂的鸡翅往嘴里塞，低头瞅了眼那张晃得人眼花的小卡片，上面写着一句话：

做笔交易吧，我用一个秘密和你交换。

千黎舌头一卷，就将鸡骨头上松松垮垮的肉卷了下来，用力吐出两根骨头，翻翻白眼："这都什么跟什么？"

李南泠拈纸擦掉千黎蹭在嘴边的油，笑容里透着无奈："都多大人了，还吃得满嘴都是油。"

千黎白眼翻得越发厉害，直接把纸巾抢了过来，在自己嘴上一顿乱抹："这下可以了吧？"

李南泠只笑笑，又把话题引回小卡片上："你对这个有什么看法？"

千黎已然舍弃了刀叉，直接上手拿着剩下的鸡翅啃："就这么一句话，能有什么看法？她要是真找你有事，还会想办法继续给你送小卡片，总之船到桥头自然直呗。"

李南泠捏了捏千黎鼓鼓的腮帮子，眼睛笑眯眯的："英雄所见略同。"

千黎又一巴掌拍开李南泠的爪子，没好气地说："吃着东西呢！"

正如千黎所说，那个人要是真找李南泠有事，就会再度找上来。

又到了饭点，与中午那家西餐厅隔了大半个城市的港式茶餐厅内，李南泠再度收到一张荧光小卡片。他推了推满脸幸福地吃着虾饺和流沙包的千黎，昂了昂下巴，示意千黎朝透明的落地窗外看去。

千黎这一眼恰好看到，穿米白针织开衫、内搭酒红连衣裙的鬈发女孩从窗外悠悠走过。不知究竟是女孩的感觉太过敏锐，还是千黎与李南泠的目光太过炙热，女孩在千黎视线投去的第二秒就已经有所察觉，连忙用袖子捂住脸，匆匆跑远。

无论是穿着打扮还是她的反应，全都证明她就是那个留卡片的女孩。

千黎突然来了兴致，连剩下的半个流沙包都顾不上吃，蹭了一手的黏糊糊的液体。

她逐字逐句将卡片上的那句话念了出来：

我想，你们一定会对某把钥匙感兴趣。

千黎不知不觉就弯起了嘴角，像流氓调戏妇女似的，笑得那叫一个春风荡漾："有意思，我倒是对你更感兴趣。"

李南泠不禁打了个寒战，搓搓千黎的脸，打趣道："女孩子家家的，别笑得这么淫荡。"

千黎却没搭理他，一口气吃完最后半个流沙包，笑得眉眼弯弯，李南泠一看就知道，她又在酝酿什么坏主意。

果不其然，她才咽下口里的包子，就迫不及待地开口说话了："与其让她继续折腾，倒不如我们主动送上门去。"

李南泠挑眉："所以你……"

千黎摸了摸口袋，掏出一把赤豆撒在放着小卡片的桌上："唔，老法子，你懂的。"

两小时后，苍南市未央区。

华灯初上，夜色如墨。

宋安可低头埋首走在人迹罕至的老街区。

而今已入秋，满街的法国梧桐叶随着夜风一同打着旋儿四处流浪，宋安可脚步很轻，甚至从那些干枯的树叶上踩过，都未能发出多大的声响。

今夜的风仿佛比平常更大一些，宋安可裹紧了身上的米白色针织衫，猛地扎进秋风里。

还有不到十分钟的路程，她便能到家，然而意外就在这时候出现。

她听到一阵奇怪的声音，像是有什么东西飞过头顶的破风声，既非寒鸦也非夜枭，如夜风一般划过她头顶的是个穿着红色衣裙的少女。

少女十七八岁的年纪，眉目如画，隐隐带着煞气，正是千黎。

千黎出现的一瞬间，宋安可便惊叫着后退，她猛地一回头，又发觉身后站了个二十出头的温润男子，正是李南泠。

这条街是个死胡同，千黎与李南泠越逼越近，寸寸拉近距离，逼得宋安可手足无措地蹲在原地，终于在李南泠距离她仅有半米距离的时候惊呼出声："别杀我！别杀我！"

她这一声惊呼隐隐带着颤音，仿佛下一刻就要哭出来。

李南泠对此很是不解，他什么时候变得这么凶神恶煞了，以至于能把小姑娘吓哭。

这个念头才从脑子里冒出来，李南泠裹在背包里的斩空便有了动静。

如此一来，宋安可抖得越发厉害。

这个时候，李南泠方才明白，原来她是"妖"。

换作平常，绝对用不到斩空来探测，因为李南泠能在几息之内感受到方圆百米内的所有妖物。这次甚至只离她不足十米的距离，他却仍未感应到，还得依靠斩空来提示，着实有些异常。

李南泠眯着眼打量宋安可许久，都想不出个所以然来。千黎对这些异形妖了解不多，着实比不上斩妖专家李南泠。她尚未来得及朝李南泠使眼色，他就了然地点了点头，对宋安可直言道："不必担心，我无权杀你。"

洛子峰事件后，李南泠才知道，Z组织有个不成文的规矩，不杀完全将人蛀空的妖，原因有如下两点：

一是，那种妖往往都生出了属于自己的神通，即便你与其交手，也不一定能打过；二是，那些妖已成为新的个体，即便斩杀了他们，也拯救不了原先的寄主，非但解决不了事情，还凭空制造出一具尸体。如此一来，又造成了很大的麻烦，倒不如不蹚这浑水。

原先千黎还对此事有所不解，而今听到李南泠这么一说，顿时就明白这究竟是怎么一回事了，连带看宋安可的眼神都多了几分深意。

兴许是真瞧出李南泠与千黎对自己并无恶意，宋安可抖着抖着倒是趋于平静了。她睁大一双小鹿似的眼睛直勾勾地盯着李南泠："你是说真的？"也许是心有余悸，说完这话后，她又忍不住瑟缩一下，依旧惶惶不安地注视着李南泠面上的表情。

李南泠看似温暾，实则最不喜这么反反复复的人，当下又回了句"比真金还真"。

宋安可终于露出了舒心的笑容："既然这样，你们是否介意听我讲一个故事？"千黎与李南泠都未来得及接话，又被宋安可抢白道，"很快的，给我一顿饭的时间就够了。"

千黎与李南泠还有什么理由不答应？

鉴于千黎吃货的属性，现在又是正儿八经的宵夜时间，一人两妖，七拐八拐，找到一家菜香四溢的夜宵摊，煞有其事地占据了一张方桌。热辣的宵夜尚未上桌，那只叫宋安可的妖便开始讲故事……

这只妖与其他的妖似乎有些不一样，蛀空原主后并未即刻离开，而是以宋安可这个身份继续生活下去。

之所以说她不太一样也正是因为这一点。

他们这些自成一体的妖也会如人类以及其他群居动物一样，汇聚在一起，组成一个新的团体。

第一次遇到这种妖时，千黎杀得太快了，尚未挖掘出他们的潜能。实际上，这类妖每只都具有一项独有的特殊能力。除了那项特殊的技能，他们与普通人类并无太大的区别，除了寿命更长、生命力更顽强……

也正因为他们都能掌握不同的特殊能力，所以，才会有个别两个居心叵测的人大量饲养这样的妖来替自己做事，李南泠的师兄便是其中之一。

宋安可所具备的特殊能力是打听消息，在他们这个规模不小的"妖魔"组织里充当的是线人，她养了若干耳虫，随时蓄势待发去打听各类消息。

千黎对耳虫这玩意儿并不陌生，李南泠倒是闻所未闻。

耳虫既算作一种蛊虫，又能被当作一种微型妖怪来看待，芝麻大一只，专门聚集在人耳朵里偷听各类消息，然后再以一种特殊的方式，将所有偷听来的消息传送给饲养者。

听着也很是新奇，最有意思的是，八卦就是促使它们活下去的养料。一旦被寄居的人再也听不到什么八卦了，耳虫就会因营养不良而死去，再也不能重新寄居在第二个人的耳朵里。

李南泠听得啧啧称奇，宋安可的故事就此开始。

二、你当然看不到我呀，因为我，就是你，在你身体里……

"妈妈，爸爸还有多久回来呀？"这是宋安可第五次询问妈妈同一个问题。

宋爸常年在外，她已经有半年没看到爸爸了，从放学回家一直问到现在。

妈妈炒了一桌子菜，全都是她和宋爸爱吃的。

眼看那桌子饭菜要被放凉了，却仍不见爸爸的身影。

宋妈转头看了眼墙上直指八点的时钟，摇头说："要不，你先吃吧？"

宋安可宁愿饿着也不肯动筷子，一脸倔强："我不饿，我要和爸爸一起吃晚饭。"

时间一分一秒流逝，又过了近半个小时，宋妈的手机突然响了，那头是宋爸微微带着醉意的声音："舒望啊，你和安可先吃啊。我遇到了几个朋友，都大半年没见了，跟他们喝两杯，晚点再回来。"

舒望向来懦弱，丈夫说什么就是什么，也不敢去质疑、去争辩，只得连声应好。

宋安可不乐意了，鼓着脸从妈妈手中抢过电话，对着电话那头的爸爸一顿撒娇："爸爸——你几点钟才能回来呀？我明天要期末考试，今晚会睡得很早，你要是回晚了，可就又看不到我了。"

当天晚上，宋安可九点半就睡了，却一直翻来覆去没睡着，实际上一直都在等爸爸回家。

约莫晚上十一点半的时候，宋爸才一身酒气地回了家。

听到门外动静的宋安可本想冲出去看爸爸，却又因时间太晚，怕会挨骂而生生克制住了。

她很是惆怅地缩在床上纠结着，尚未纠结出个所以然来，忽然听到房间外传来极大的动静，砸东西的声音混杂着爸爸的低声咆哮，隐隐还夹杂着妈妈压抑的哭音："你每次都这样，总说是自己运气不好，就是不肯脚踏实地好好上班做事。这些年来，你看你究竟做成了什么项目！可可现在还小，将来还要读初中、读高中、读大学，要花的钱只会越来越多，再这样下去怎么办呀……"

　　"烂婊子！你吃的用的，哪样不是老子花钱买的？你还敢埋汰老子，想死了是吧！嗯？"话音才落，便听到"砰"的一声闷响，像是有人撞在了墙上。

　　宋安可再也听不下去，连外套都顾不上穿，这么冷的天，就穿着条薄薄的睡裙，趿着棉拖冲了出去。

　　爸妈的房间就在隔壁，走出房门，再转个弯，就能将主卧一览无遗。

　　宋安可视线移过去的时候，恰好看到妈妈身体瘫软地贴在墙角，额头上一片瘀青，大抵是刚刚撞出来的。

　　宋爸平日里就凶，今天又喝了不少酒，动起手来毫无轻重，一脚猛地踹在宋妈小腹上，疼得她像虾米似的蜷曲成一团。

宋安可从前也不是没见过爸爸打妈妈，可哪一次都没这么狠。

眼泪像断了线的珠子似的狂涌而出，她不管不顾地冲了过去，哭声喑哑地拽着宋爸的袖子："爸爸，别打妈妈了，别打妈妈了。"

宋爸脾气虽暴躁，却从来都舍不得打自己这个宝贝女儿。即便是喝醉了，对宋安可的态度仍算得上是温柔的，他拍了拍宋安可泪眼蒙胧的小脸，相比较先前，声音简直轻得出奇："明天就要期末考试了，好好回去睡觉。"

宋安可脾气也倔，站着不肯动，当即诘问："你明明知道我明天就要考试了，为什么还打妈妈？"

宋爸才不会解释这么多，见说不通女儿，就直接将人拽出去，"砰"的一声关上房门，直接将门反锁上。

主卧里再度传来几声闷响，还时不时传来几道尖锐的叫声。

宋安可趴在门外哭得声嘶力竭："别打妈妈了，别打妈妈了……"

任凭她如何哭如何喊，都无人回应一句。直至嗓子干哑，泪水流干了，她小小的身体才顺着木门一路滑落，蜷曲在门口，瑟瑟发着抖。

彼时正值寒冬腊月，家里又没开空调和暖气，她只穿一件薄薄的睡裙蹲在那里，被冻得脸色惨白唇色乌青，都不肯回自己房间去睡，像台复读机似的不停重复着那句："别打妈妈，别打妈妈……"

被冻了这么久，宋安可似乎有些发烧，头昏眼花，全身烫得厉害。当她想起身回房间时，却已发觉，自己四肢软绵，连起身的力气都没有。

她脑袋里像是灌满了糨糊，昏昏沉沉间，又仿佛听到个温柔极了的声音在她脑袋里说话。

"别哭了，他们一个懦弱无能，一个酗酒暴躁，统统都不配为人父母，你要快快长大，只有长大了才能离开他们呀。"

她慌慌张张地环顾四周，都未见到半个人影，更是觉得头皮发麻，连忙颤声问："你是谁？我怎么看不到你？"

"你当然看不到我呀，因为我，就是你，在你身体里……"

三年后……

宋安可才到家，妈妈便卸下她身上的书包，迫不及待地询问她考得怎样。

宋安可面上无波无澜，眼神平静地换好拖鞋，语调冷淡得出奇："掉不出年级前三。"

宋妈并不追究宋安可的态度，这孩子虽然越长大性格越冷淡，但学习成绩倒是一直好。小孩嘛，只要成绩好，能让亲戚邻居羡慕，别的也都没啥太大关系。

听到宋安可那句掉不出年级前三，宋妈脸上即刻扬起笑，连忙招呼着她吃饭。

宋爸依旧在外地上班，虽只有她和女儿两个人，宋妈依旧烧了一大桌子的菜。每样菜式的分量都不多，种类却十分齐全，大大小小的碗碟，摆了五六碗，看得出宋妈花了不少的心思。

吃饭的时候，宋妈笑意盈盈地夹了块鸡翅根放到女儿碗里，仔细打量着女儿的脸色，十分刻意地说了句："可可，其实啊，初中也没必要读太好的，关键还得离家近，这样才能方便回家吃饭啊。正好初中时期又是长个子的时候，多吃点家里的饭菜总比吃食堂和路边摊好，你说是不是？"

宋安可盯着碗里炸得金黄酥脆的鸡翅根，头也不抬地说了三个字："所以呢？"

宋妈像是没有听到她话语中的冷意似的，继而接着道："我跟你爸都认真考虑过了，是金子在哪儿都能发光，再说，你想想看，你虽然成绩好，可是别的学校也有很多成绩好的小孩是不是，人外有人，天外有天，咱们呀宁做鸡头不做凤尾……"

宋安可冷笑着打断宋妈的话："你们只是考虑哪所学校学费便宜，我过去不但能免学费，还能获得奖学金吧！"

宋妈没想到自己女儿说话会这么一针见血，毫不留情面，心里有些发虚，连带着眼神都有些飘忽。她嗫嚅着说："可可啊，你也知道你爸最近又在忙一个新项目，前期需要大量的资金……"

听到这样的话，宋安可越发生气，全然没有胃口继续吃下去："你为什么永远都只会替他考虑，从来都不想想我？你知道你们说的那所学校究竟是个什么地方吗？哪个想读书的会去那里？"

宋妈完全抓不住宋安可话里的重点，仍在替宋爸开脱："你这孩子到底是怎么回事，连爸爸都不喊了。"

宋安可依旧冷着脸，也没好好吃饭的意思，碗里的鸡翅根被她用筷子戳得稀烂："我没他这种么不回家，一回家就跟人花天酒地，回来打人要钱的爸。"

最后一个字才从舌尖抵出，宋安可便觉脸上一麻，火辣辣的感觉蔓延至整个右脸，竟是被向来软弱的宋妈扇了一耳光。

寻常的小孩挨打必然会哭得惊天动地死去活来，宋安可却像个没有灵魂的木头人似的，依旧维持那个被宋妈把头打偏的姿势。

足足过了两秒，她才缓缓抬起头来，用一种说不清道不明的眼神狠狠瞪着宋妈。

那一刹那，宋妈只觉心头一悸，头皮发麻。

她不明白从前温顺如小绵羊的女儿怎么会变成这样，还想要对女儿说些什么，女儿却一言不发地放下碗筷，径直走回自己房间。

直至砸门声"砰"地一下响起，宋妈飘飞的心绪才被拉回现实，她的第一反应不是去关心女儿，反倒是给自己丈夫打电话哭诉。

"伟国啊，这孩子真是越来越不让人省心了，她怎么能这样呢……"

宋安可整个人都蜷曲在衣柜里，明明是燥热的夏天，稍微活动下就热得满身都是汗的天气，她却依旧用毯子紧紧包裹着自己。校服全都被汗给浸湿，她都浑然不觉，仿佛只有这极致的热才能给她带来丝丝暖意。

整整一个下午，宋安可都将自己关在柜子里。

期间，宋妈来敲过一次门，见她不回应，也就算了。

她本就有些低血糖，饥饿感比一般人来得强烈，一旦饿起来，全身都会冒冷汗，颤抖得厉害。

那个声音又突如其来地响起，不复从前的温柔，带着嘲讽的意味："啧啧，怎么，没人爱你你就要把自己饿死在衣柜里？"

她虚眯着的眼睛猛地一睁，用现在仅有的力气说出两个字："闭嘴！"

那个声音不再继续，宋安可方才缓缓推开了柜门，脚步虚浮地走出房间去。

在看电视的宋妈颇有些意外地回头看了她一眼。她苍白着脸，紧咬着下唇，也不说话，径直走进厨房里，打开冰箱，都顾不上热一下，就拈了块肉塞嘴里嚼。

有食物入腹，那种极致的饥饿感终于有所缓解，她缓缓呼出一口气，拿出一个较大的空碗，盛上米饭，盖上中午的剩菜放进微波炉里加热。

宋安可吃饭的时候，宋妈恰好看完一集电视剧，她坐在狼吞虎咽猛扒饭的宋安对面，稍一沉思，又开始说："你爸其实是个好人，只是这些年来一直都不走运……"

她咽下口中的饭，冷冷一笑："如果每次把你打得送进医院，又假仁假义地跑去照顾你，这样也叫好的话，那那些从来都不打老婆，挣钱又多的，不是天使就是上帝了。"

宋妈被噎得没话说，饥饿感并未完全消除的宋安可又起身去厨房添了一碗饭。

三、听着两人的打闹声越飘越远，宋安可忍不住弯了弯嘴角，或许这里也没有想象中那么差。

正如宋安可所说，她考试成绩稳居年级前三，她看了眼自己的成绩单，心里却没有欣喜的情绪。

父母执意要送她去那所全市垫底的学校，她也没得选，只期望将来能考所好的高中、考所好的大学，离他们远远的，最好一辈子不见……

暑假眨眼就过完，宋安可带着极大的抵触情绪踏进那所臭名昭著的初级中学。

九中教学质量差，校园倒是修葺得十分不错，有着气派的校门、崭新的教学楼以及随处可见的绿化带。

正如她想象中的那样，来这里上学的都是些不想读书的人，才小学毕业，就一个个都穿得像古惑仔和小太妹，她这般乖巧的穿衣风格倒成了异类，混在一群奇装异服中尤为醒目。

宋安可顶着极大的压力，一头扎进人满为患的宣传栏前。

她学习成绩优异，即便放到那些好学校里都能名列前茅，更遑这种到处都是学渣的地方，她的名字毫无疑问地排在了重点班一班第一位。

她刚要转过身去，只觉头上一紧，下意识地转过头，恰好瞧见一张白得像糯米糕似的脸。

那是个半大的男孩，与她年纪相当，却高出她一大截，足足比她高了一个头还不止。她抻长了脖子，把头仰得老高老高才看清那个男孩子的长相——高鼻梁、单眼皮，称不上多帅，却透出十足的清澈少年气息。他嘴角一歪，龇出八颗明晃晃的小白牙："哟，这都什么年代了，居然还有人顶着两根麻花辫。"

进这所学校前，宋安可就已做好被嘲弄的准备。可麻烦来得这么快，却是她始料未及的。兴许是她生来就比同龄的孩子经历得多，被一个陌生男孩这样拽着辫子欺负，非但不害怕，反倒十分镇定。

宋安可的长相十分具有欺骗性，她的沉默与镇定在寻常人看来无疑是被吓傻了的表现。那个男孩亦如此理解，于是越发来劲，表情夸张地拽着她的小辫子唱了起来"村里有个姑娘叫小芳……"

四周响起一片哄笑声，所有人的目光都被她与那男生所吸引。

余夏至便是这时候出现的。

该如何来形容这个人呢？

宋安可脑子里首先冒出来的便是一个"帅"字。是了，就是帅，这个人比宋安可见过的任何一个异性都要帅，长相颇为中性，举手投足间透着少年独有的潇洒与不羁。

余夏至出场不过短短几秒，就成功吸引了包括宋安可在内的所有人的目光。

宋安可甚至在余夏至眼神扫过来的一瞬间抑制不住地红了脸。

余夏至显然是与那个男孩相互认识的，一上来就拧着他的耳朵，皮笑肉不笑地说："顾随安，你真是越大越出息了，连女孩子都敢欺负，哈？"

声音却是意想不到的清脆甜美，宋安可如遭雷劈，足足愣了两秒，才意识到这样一个问题，"他"大概是个女的。

宋安可兀自风中凌乱，余夏至和顾随安闹得不可开交。

"哎哟哟——痛痛痛！"顾随安一张小白脸涨得绯红，活像刚从锅里捞出的虾，"我不打女的，你个死男人婆赶紧松手！"

余夏至像是完全不介意被人喊男人婆，说撒手就撒手，推搡着顾随安给宋安可道歉："对不起啊妹子，我兄弟啊，他脑子有问题，一天不蹦跶，就浑身不舒坦。"

宋安可略有些尴尬地抿了抿嘴，权当接受了余夏至的道歉，一言不发地走了。

身后顾随安那个小白脸还在轻声嘀咕："死男人婆乱搞事，害我都不知道人家小姑娘哪个班的。"

余夏至声音轻飘飘的："怕什么，总归人还在九中，一个班一个班去找不就得了。"

宋安可第一个到班上，既然没人，她便随意找了个位置坐下。

大约十分钟以后，顾随安才找了过来，看到宋安可的第一眼，他眼睛就亮了。

兴许是他那眼神过于炙热，原本还在发呆的宋安可只觉心头一紧，转头看过去的时候，他已经坐在了自己旁边，笑得贼兮兮的，简直让人想揍他一拳。

宋安可是个文静的少女显然做不出这种事，于是就有人代替她做了。

顾随安"哎哟"一声怪叫，颤颤巍巍地指着揍人的余夏至："你丫的秀气点会死啊！"

余夏至挤眉弄眼的，嘻嘻哈哈没个正经："哟哟哟，怎么了？看到萌妹子就跑得比兔子还快，见色忘友啊！"

　　顾随安翻了翻白眼，没立即接余夏至的话，只用眼角余光去瞄坐在自己右侧的宋安可，还好，人家小姑娘依旧淡定得很，啥表示都没有。

　　顾随安这才转过头去，恶狠狠地瞪了余夏至一眼，连带做了个骂人的口型。

　　余夏至笑得癫狂，顺势坐在了顾随安后排，贱兮兮地说了句："骂我祖宗都没用，我还就要做这电灯泡了，你要咋的！"

　　顾随安懒得搭理抽风似的余夏至，又翻了个白眼后，继而撇过头去，颇有些忐忑地瞅着宋安可。盯了足有十秒钟，他方才开口说了句："咱们以后就是同班同学了，妹子，你叫什么名字啊？"

　　身后的余夏至简直要笑破肚皮："哎哟，我去，你就这样撩妹啊？开场白都不会啊，你是不是傻？"

　　宋安可却毫无反应，眼皮子都没抬起，顾随安也毫不气馁，又殷殷切切地继续说："那个……你要是不想说话也没关系，哈哈，反正咱们是同班同学嘛，来日方长来日方长，慢慢认识也好。"

　　宋安可还是没一丁点反应，顾随安越说越起劲，噼里啪啦说了一大堆，只差告诉她自家家里有多少存款了，最终也只是换来人家小姑娘一声："哦。"

　　顾随安很是挫败，余夏至笑得直拍桌，笑得差点就要断气。

　　宋安可没法继续待下去，起身就走。

　　顾随安眼巴巴地瞅着，万分怨念地说："这姑娘该不会是传说中的自闭症患者吧。"

　　余夏至笑得还没喘过气来："我看，是得了'避你症'！"

　　顾随安一声哀号，万分费解地摸着自个儿的小白脸嘀咕："好歹我也一表人才啊，干吗怕我呢……"

　　余夏至见机插刀："大概看你白，觉得肾虚。"

　　顾随安："……"

　　十分钟后，上课铃声响起，宋安可方才款款走来，四下环顾一圈，居然找不到一个空位，只得冷着脸继续坐在顾随安旁边。

　　四周又是一阵哄笑。

　　两分钟后，夹着一沓文件的班主任姗姗来迟，自我介绍一番后，便开始点名。

　　第一个被点到的是宋安可，顾随安眼睛亮晶晶的，呈痴汉状："原来你就是那个学霸宋安可呀！"

宋安可依旧保持高冷，不予回答。

顾随安也不在乎，笑得越发开心，唯有余夏至在他身后骂了句："傻瓜。"

点完名后，便是换座位和领书。

几乎所有人的位置都有变动，唯独宋安可依旧和顾随安是同桌。

顾随安笑得眼睛都眯成了两道缝："缘分啊！"

余夏至白眼一翻，随手赏给顾随安一颗栗暴："缘分你个头，老师都催了，还不赶紧去领书！"

顾随安三步一回头，活脱脱笑成个傻白甜："嘿嘿，嘿嘿。"

看不下去的余夏至一脚踹过去："发什么浪，赶紧走！"

"我去，你这死男人婆，三天不打上房揭瓦啊！哈？"

……

听着两人的打闹声越飘越远，宋安可忍不住弯了弯嘴角，或许这里也没有想象中那么差。

发完书后，距离下课还有一段时间，班主任单独把宋安可和顾随安叫到了办公室。

顾随安依旧嘻嘻哈哈没个正经，一路屁颠屁颠地跟在班主任身后问个不停："老师，啥事呀？"

班主任没好气地瞥了他一眼，声音却是带着笑："急什么急，进了办公室不就知道了。"

宋安可眸光一沉，开始猜测老师单独找他们究竟有什么事。

班主任也不卖关子，开口便阐述其用意，无非就是宋安可年级第一，顾随安成绩垫底，两人一动一静，坐在一起不但可以提高顾同学的成绩，还能让沉闷的宋同学受到感染，变活泼一点。

班主任姓金，算得上是宋安可的邻居。宋家那点破事，住他们那块的谁又不晓得，都道是宋家那两口子也算是一个愿打一个愿挨，只可怜那么乖巧一孩子。

顾随安表现得十分积极，直拍着胸脯说："老师放心，我一定会好好搞学习，以报答老师的良苦用心！"

金老师被逗得直笑，宋安可依旧含蓄，微微点了点头就当回了话。在与顾随安一同转身离开之际，她却翻了个不甚明显的白眼。

才出办公室，下课铃声便响起，顾随安神神秘秘地黏上去，压低了声音："我刚看到你悄悄翻白眼啦！"

宋安可被呛到，一张犹带着婴儿肥的白嫩瓜子脸涨得绯红，红润的嘴微微开启，像是想要说什么，半晌又合上，一言不发地低头往前走。

　　顾随安亦步亦趋地跟在后面走，笑得眉眼弯弯，像发现新大陆似的："原来你还会翻白眼啊。"

　　应了他的说法，宋安可索性停下脚步，转过头去，又朝他翻了个白眼。

　　这下顾随安乐得只差在原地连翻三个跟头，走起路来都像是在飘。

　　前方，余夏至独自倚靠在过道的栏杆上，若有所思地望着顾随安与宋安可。两人尚未走近，她嘴角一弯，忽而扯出个痞笑："哟——啥事儿笑得这么开心啊？"话未说完，手已经钩上顾随安的肩，显然这种事她已经做顺溜了。

　　顾随安依旧龇着一口小白牙，俯身贴在余夏至耳朵边上悄悄说了句什么。不多时，余夏至也一直盯着宋安可看，笑得那叫一个意味不明，宋安可的脸登时就红透大半边，连忙低头跑进教室。

　　顾随安与余夏至又是一通笑。

四、整个下午，宋安可的心情都很好，每当她回想起顾随安边跑着圈边声嘶力竭地喊"我是傻瓜"时，就忍不住想笑。

当天下午，宋安可一觉醒来就发现余夏至坐在了顾随安后座，像是瞧出了宋安可的惊讶，余夏至挑挑眉说："我不是电灯泡。"语罢，还一派风流地朝她眨眨眼，"我只是想搞学习。"

宋安可只觉无语，这种话说出来，鬼都不信。

不管怎样，宋安可就这般与原本毫无交集的两个学渣捆绑在了一起。

顾随安缠宋安可缠得紧，余夏至阴魂不散地围在两人身边转，不给两人任何单独相处的机会，从某种角度来说，她的确是光荣地完成了一颗电灯泡的使命。

孤僻的宋安可就此渐渐和两人熟络起来，也终于有了朋友。虽然她的话依旧少，却已经能在顾随安与余夏至打闹的时候随机补上几刀。

一个学期眼看就要过去一大半，期中测试翩然而至。

第一天刚考完，顾随安就迫不及待地跑来与宋安可对答案，他拍着胸口，大言不惭地说："今天这三门保准都能及格！"

宋安可笑容清浅好似那轻拂过水面的微风，手中拿着一支红笔，勾勾画画替顾随安对答案。

顾随安见宋安可这副表情就知道有戏，于是越发来劲："这次要是全都及格了，我可得请你吃饭啊，这次再也不用被我家老头拿着扫帚追得满院跑了。"

等所有答案都对完，宋安可才抬起头来，并未答应，也没拒绝，只讲："等成绩出来再说。"说完她又摊开一本历史书，轻声询问，"明天第一堂考试就是历史，那些重点你都背下来没？"

早就对完答案、呈围观状的余夏至嘴角一歪："他要是都背下来了，母猪都能上树！"

顾随安面无表情地瞅着余夏至："哦，那你等着上树吧。"

余夏至愣了近两秒才反应过来，追着顾随安满教室乱窜："给我过来，看我不打死你！"

宋安可放下手中的书，笑得两眼弯成了月牙儿，寻机又给补上一刀："余夏至，你若一门不及格，也围着操场跑十圈，边跑边喊'我是傻瓜'，这么容易的考试都能考不及格。"

余夏至脸色一白，立即就停了下来，忙跑回座位上翻书，边翻还边忍不住嘀咕："这也太狠了吧，你心咋就这么黑呢！"

宋安可笑而不语,眼神轻飘飘地落到顾随安身上。

顾随安就像只迷途知返的小绵羊,立马屁颠屁颠地跑回来背书,还不忘怼余夏至,顺带拍拍宋安可的马屁:"你懂个屁,严师出高徒晓得吗,还不赶紧背,小心要跑圈!"

彼时的顾随安嚣张跋扈,全然没料到,余夏至不但每一科都及格了,还有一两门意外得了高分。反观他自己,每一科都低空过线不说,语文还因作文分数过低而不及格。

发下试卷的时候,余夏至朝他发出诡异至极的笑声,连向来高冷的宋安可都一脸讳莫如深。

语文老师自然而然地被她俩的奇怪举动所吸引,不禁问了句:"你们一个个都是怎么了?"

余夏至笑得越发诡谲,代表宋安可发言:"我们想邀请所有同学和老师一起去操场围观顾随安同学的即兴表演。"

整个下午,宋安可的心情都很好,每当她回想起顾随安边跑着圈边声嘶力竭地喊"我是傻瓜"时,就忍不住想笑。

回家一打开门,她便恰好撞上要出门的宋妈。

兴许是她脸上的笑容太过耀眼,以至于让宋妈生出一种恍如隔世的感觉。怔了许久，宋妈脸上才漾起一丝微笑："今天是怎么了，什么事儿这么开心呀？"

不知道从什么时候开始，宋妈对她说话的态度就变成了这样，小心翼翼的，每说一个字都要观察她的神色，卑微谄媚到令人生厌。

宋安可下意识地皱了皱眉，在听到这句的时候，流露在面上的笑容消失殆尽，即刻变了脸色，不答反问："你现在要出门？"

"对呀。"宋妈看上去心情更好，抿在嘴角的笑慢慢舒展开，连同她藏匿在眼睛里、无论如何都挥散不开的阴郁之气仿佛都要散去，本就风韵犹存的脸瞬间明媚到让人挪不开眼。

她说："你爸爸终于要回来了，我得去买菜，一家人难得团聚。"

宋妈说得含糊，宋安可却已大致猜到，宋妈口中的"终于要回来了"大抵是真要回来，再也不会去别的城市了。她本该抗拒爸爸回家的，却不知怎的，脸上的肌肉像是不受控制似的，她的表情在这一瞬之间变得极其柔和，就像每一个盼望爸爸回家的女儿一样。

"要我陪你一起去买菜吗？那么多菜，你一个人又怎么提得动？"

当天夜里，一家人难得和气地吃了顿饭。

兴许是太久没看到爸爸，这种难得温馨的气氛竟让宋安可一时间觉得不习惯。

宋安可吃饭速度很快，吃完饭后也不说话，就那么静静地坐在椅子上看着自己的爸爸妈妈。

屋外不知何时下起了雨，淅淅沥沥的雨点敲打在树叶与玻璃窗上，墙上时钟的秒针一下又一下地跳动，时间于不经意之间疯狂流逝着。宋安可的嘴角无意识地扬起，直至爸爸吃完饭，妈妈开始询问她："可可，还没吃饱吗？作业做了没呀？"她才一点一点敛去笑意，随后听到妈妈说，"吃饱了，马上就去写作业。"她的声音是温和的，毫无攻击性。

任课老师有意给宋安可开小灶，她的作业向来比同班同学多，每每都得写到十点以后才能全部写完。

九点一刻的时候，宋安可听到爸爸接了个电话。大约五分钟后，妈妈便来敲门，告诉宋安可，她要与爸爸出去和从前的老友聚一聚。

宋安可微微颔首，只说了句："少喝酒，早回家。"便继续低头写作业。

宋安可知道，即便妈妈答应她早回家，他们也都不可能早回来。

今天的作业比平日都要容易，宋安可十点不到就全部做完，早早上了床。

宋安可这一觉睡得很安稳，半梦半醒之间仿佛听到有人在砸门，其力道之大，几乎要将整扇门给拆掉。

宋安可就此被吵醒，开了灯，十分警惕地问门外那人是谁。

那是一个陌生男人的声音，上气不接下气地说："你妈妈出事了，快去你爸妈房间拿卡出来！"

听到这话，宋安可越发警惕，直问："你说我妈叫什么？"

那人一听宋安可这么问，越发急了："你妈叫舒望啊，还磨蹭什么，赶紧呀！"

宋安可仍处于一种半信半疑的状态，那人见宋安可这么认死理，索性拨了通电话："喂，老宋啊，你女儿不信我，不肯开门！"

那人像是开了免提，电话里的声音在寂静的夜里被放大无数倍，那头传来的声音确确实实是宋爸的，却带着几分慌张无措，甚至还能听出几丝颤音："可可，快给陈叔叔开门，你妈真的出事了，现在在医院里，等着用钱。"

眼前的一切简直就像做梦一般。

宋安可不敢相信自己的眼睛，明明晚上他们一家人还和和睦睦地坐在一起吃饭，怎么到了下半夜妈妈就躺在了医院里……

看到自己女儿冷着脸，红着眼睛走来，宋爸颇有些责怪的意味，对那位姓陈的友人说："你怎么把她带来了？她明天还要上课呢！"

不待陈姓友人接话，宋安可就插话说："是我自己要来的。"

语罢，她的视线毫不掩饰地在自己父亲打了石膏的左手上游走一圈。

宋爸心虚，下意识地缩了缩左手，一番踌躇，才准备开口说话，试图跟自己女儿解释。

宋安可不想听这些没用的废话，毫不留情面地说："你们走的时候，我怎么说的！"

"少喝酒！早回家！"她的眼泪不知不觉又流了下来，"即便你不说，我也能猜到，究竟发生了什么！"

原本要说出口的话又被她强行咽了回去，不知道该怎么解释的宋爸只能讷讷开口："大人的事，小孩别瞎操心，赶紧回去睡觉，明天还得读书。"

宋安可狠狠抹了把脸，擦掉脸上快要干涸的泪痕，一言不发地走了。

走到一半，她似又不甘心，面露嘲讽地回头说了句："你放心，我会好好读书。"否则，又该怎么离开你们，离开这个鬼地方？

五、十三岁那年，她第一次尝到被抛弃的滋味。她坐在地上又哭又笑，像个傻子一样。

翌日，宋安可顶着一双肿得像核桃似的眼睛去上学，才刚进教室就遭到同学们的围观。

她又恢复成从前那死样，对人爱答不理的，像是有人欠她钱似的。

顾随安急得焦头烂额，奈何宋安可吃了秤砣铁了心要做一只锯嘴葫芦，怎么也不说话。

顾随安那叫一个急啊，连忙给余夏至使眼色，让她与自己一唱一和演双簧。

宋安可还是蔫了吧唧的，甚至看都懒得看他们，直接撇过头，望着窗外发呆。

宋安可一整天都很奇怪，最后一节课上了大半的时候，班主任突然神色不明地把宋安可喊去办公室。余下顾随安与余夏至两个人大眼瞪小眼，完全闹不明白，究竟发生了什么事。

直到快下课的时候，宋安可才哭红着眼睛走回教室，才坐回座位上，下课铃声就响起。

顾随安与余夏至这才意识到事态不对，连忙询问她这是怎么了。

宋安可仍死倔着不肯说话，只哽咽着说了句："今天不给你们补习了，我要去县医院。"

顾随安哪能就这么让宋安可跑了，听到她说要去县医院，连忙拦了辆出租车，和余夏至一前一后，不由分说地将宋安可拽上车。

宋安可知道他们这是出于好心，也不再反抗，索性让他们跟着一起去。

医生说宋妈情况恶化，再观察几天要是依旧没醒来，就得转去省医院做开颅手术。

宋安可低垂着头又开始掉眼泪，医生十分隐晦地表示，她母亲现在这种情况，最好是能找个人 24 小时监护。

这种事宋安可又怎么会不知道，可如今，她甚至不知道自己爸爸究竟去了哪儿。学校里接到的电话是宋爸叫人打来的，据同房的病人所说，他缴完费就不见人影了。

宋安可无悲无喜地望着躺在病床上依旧昏迷不醒的母亲，背过身，只淡淡与顾随安与余夏至说了声："你们先走吧。"

　　宋安可做好了长期抗战的准备，却没想到第二天一放学就看到妈妈醒了。她头上缠着厚厚一层纱布，床头的柜子上摆了满满一盘水果，水果盘明显是从家里拿来的，显然宋爸来过医院。

　　隔壁床的病人今天正好搬了出去，宋安可也不客气，不着痕迹地收回四处打量的视线，直接把自己的书包丢到那张病床上，轻声说了句："妈，你醒了。"

　　宋妈脑袋里的瘀血尚未完全散去，虽说是醒了，脑袋却依旧昏昏沉沉的，反应也有些迟钝，看到自己女儿来了，她也只勉力扯开嘴皮子笑了笑："可可这么早就放学啦。"

　　宋安可微微颔首。

　　病房内突然就沉默了，两人都不知道该怎么把对话继续下去。

　　宋安可瞥了眼桌上的水果，又问："渴不渴？想不想吃水果？"

　　宋妈木讷地点头，宋安可随手挑了个苹果，拿了把水果刀细细地削，削好后，又从屉子里翻出个瓷碗，将苹果切成小块堆在碗里，用牙签叉着给妈妈吃。

苹果太硬，宋妈只嚼了小小一块，就觉脑袋疼得厉害。见宋安可还用牙签叉着往她嘴里送，她连忙摇头："不吃了，不吃了，吃得头痛。"

宋安可把碗搁在桌上，又问："饿不饿？我去外面给你买粥？"

宋妈想了想，还是摇头："医院里有个小护士给我点了粥，现在肚子还是饱的，你要是饿了，自己去买些东西吃吧。"

宋安可像是听到了什么不得了的话，眉头微皱，将话又重复一遍："你说有个小护士给你点了粥？那桌上的水果和果盘呢？"

宋妈完全不知宋安可这样问的用意，想都没想就说："是刚出院的那户人家送的，听说还挺甜。"

宋安可眉头越皱越紧，一瞬间的沉默之后，她突然盯着妈妈脑袋上的伤叹气，刻意压低了声音："你这个伤到底是怎么弄的？跟我说实话。"

宋妈明显慌了，眼神闪烁不定："那天我们一伙人不是喝多了吗，我自个儿不小心摔着的。"

宋安可呼吸声渐重："你究竟要自欺欺人到什么时候？！那个人根本就不管你的死活！你都这样了，连看都不看你，交完钱就走人，是什么意思？"

"我也不想啊！"宋妈说着说着眼泪就流了出来，"可是，你还这么小，小孩总归都要爸爸的啊！"

宋安可用毫无感情的声音说："不要给自己的懦弱找理由，真为我好，就不会一次又一次在我童年时期增添阴影！"

宋妈还想解释，宋安可抹了把眼泪，强行打断宋妈即将说出口的话："我饿了，出去买饭。"完全不留给宋妈说话的余地，态度强硬地推门出去。

门尚未完全推开，宋安可就看到了门后表情尴尬的顾随安和余夏至。

宋安可一愣，没料到他们俩会在这时候出现。

顾随安第一个反应过来，连忙打圆场，笑嘻嘻地提起自己手里的保温桶放在宋安可眼前晃："我奶奶煲的汤可是一绝，你和阿姨可有口福了。"

顾随安说完，余夏至接上，她手里提着饭，忙说："医院伙食不好，我妈说，家里做的吃了放心，食材也都是新鲜的，又干净。"

双方家长都知道宋安可的存在，虽从未见过她，却已经很喜欢这个带着自家孩子搞学习的女孩。

顾随安和余夏至居然抽出一沓试卷，眼巴巴地瞅着宋安可，说："其实我们来找你不只是为了送饭。"

余夏至又朝她眨眨眼"没有你,我们根本就写不了作业,所以,你也别太感动啦。"

宋安可向来要强,从不轻易接受别人的施舍与帮助,于是,这两个活宝凑一起就想了个这么拙劣的理由,好让她安心接受。

宋安可一时间不知道该说什么,只觉心里暖暖的,又难受得紧,她努力克制着,不让自己流眼泪,泪眼婆娑地勾出一抹笑:"谢谢你们。"

有了顾随安和余夏至两个活宝,气氛瞬间变得轻松愉悦起来,连一直愁云惨淡的宋妈都不禁笑出了声。

饭后,三人把作业平铺在那张空出来的病床上,宋安可继续与他们讲解他们白天上课时没听懂的地方。

时间一点一点地流逝,眼看就要到九点,宋安可送两个活宝出病房门,宋妈就这么静静地看着,脸上露出安详的笑。直至这一刻,她才发觉,自己的女儿是真的长大了。

宋妈虽然醒了,但还需继续留院观察。

隔壁病床始终没人来住,宋安可索性直接住在了这里,每天一放学就往医院里跑。

顾随安和余夏至两个活宝依旧每天换着法子来送汤送饭，每天不磨蹭到晚上九点不走人。

日子一天一天过去，宋妈头上的纱布也能拆了。

所幸没有伤到脸，伤口全都在头皮上，她头发又足够浓密，随意一遮，连疤都找不到，这对向来爱美的宋妈来说无疑是个好消息。

宋妈年轻的时候是个出了名的美人，即便到现在都风采依旧。她出身也不错，算得上是书香世家，若不是当年偷了户口本和宋爸私奔，日子再差也不会过成这样。

现实给了她一次又一次的打击，如今她已经过了为爱不顾一切的年纪。

她站在卫生间里的镜子前端视着自己依旧美丽的脸，女儿都已经这么大了，要是现在后悔，大概也来得及吧。

宋安可再回到病房时，却发现病房内已空无一人，连床铺都被收拾得十分干净。

她满是疑惑地找了个护士问，这才知道妈妈已经办了出院手续。

她借医院的座机给顾随安打了个电话，便满心疑惑地回了家。

家中依旧没能寻到宋妈的身影，她在自己房间枕头下找到一张银行卡和一张字条。

字条上只有短短一行字：

"密码是你的生日。"

甚至连告别的话都没留下。

十三岁那年，她第一次尝到被抛弃的滋味。

她坐在地上又哭又笑，像个傻子一样。

六、她像是在自言自语，又像是对时不时从她身体里冒出的那个声音说："她是只属于我的，对不对？"

有些人遇到挫折会一蹶不振，而宋安可却是越挫越勇。

那天以后，她越发努力地读书，只有这样，她才能安然无恙地长大，才能永远地离开这个地方。

宋妈离开后，原本已有发愤图强之势的宋爸越发颓废，回家回得更少，满世界寻找宋妈。

这倒是更符合宋安可的心意，她索性一放学就带着两个活宝回家补习。

期末考试，余夏至一口气往前冲了五十名，顾随安因为从前一直都是垫底，前冲势头更大，进步了足足一百来名。宋安可则依旧稳居年级第一，成绩远远超出第二名老长一截。

为了庆祝顾随安和余夏至的进步，暑假的时候，顾随安带着宋安可和余夏至一起游浙江。

直至这时候，宋安可才后知后觉地发现，顾随安居然是传说中的有钱人。

余夏至拍拍宋安可的脑袋，将她从震惊中扯回现实："现在知道他有多'壕'了吧。他钱多得没处花，以后他要请客，你可千万别拒绝。"

顾随安傻乎乎地点头跟着附和，郑重其事地说："对，可别拒绝！千万别拒绝！"

顾随安的父母是在他们抵达苏州的第二天回到苍南县的。

顾随安的爷爷从前从政，后来下海做生意。到了顾随安父母这一代，因为国内市场饱和，只得远赴海外寻商机，折腾了近十年，终于在澳洲稳下根基。顾随安的父母这番回来正是为了接顾随安一同去澳洲。

宋安可不是没想过有朝一日他们三人定会分开，却没想到这天来得这么快，让人措手不及。

启程的时候，大家吵吵嚷嚷好不热闹，归程的时候却安静悲壮得像是要上战场。

顾随安一直在反抗，什么法子都使了，可还是无用。他在即将开学的前一夜跑来敲宋安可的门，二话不说就抱住了她。

宋安可被这突如其来的一幕给吓蒙了，一时间忘了挣扎，顾随安声音闷闷的，仿佛下一刻就会哭出来似的："我要和爸妈一起移民去澳洲了。"

宋安可出奇地安静，只从鼻腔里发出个单音节："嗯。"

顾随安又问："有没有什么话要跟我说？"

宋安可木然地摇头："没有。"旋即，她一把推开顾随安，像初次见面那样冷淡。

顾随安眼睛湿润，几乎都要哭出来："我有话要对你说，我很喜欢你，第一次见到你的时候就喜欢你。"

宋安可茫然地望着顾随安，她像是遭受到了什么打击似的，整个人都是蒙的，连顾随安什么时候离开的都不知道。

然后，顾随安就真的从她生命中消失了。

第二个学期一开学，余夏至就变成了宋安可的新同桌。

她对宋安可说："或许顾随安这辈子都回不来了，他让我替他好好照顾你。"说完又弯唇一笑，"可是，好好照顾你，起码得考上同一所学校，分到一个班级呀。你成绩这么好，将来一定会考所很好的高中吧。我爸才不会愿意替我花钱买学校，不过好在那笨得像猪一样的顾随安走了，没有他拉低整体智商，往后还有这么长的时间，即便无法和你同班，一直与你考同一所学校应该不会有问题吧？"

宋安可没有回话，她看到了余夏至眼中微闪的泪光。

隔了很久很久，她才从梦中惊醒一般地说："我只剩下你了，无论如何，都不会让你离开。"

睫翼轻垂，遮住她眼睛里一闪而逝的光芒。

自那以后，宋安可与余夏至形影不离，甚至连上厕所都会手牵手一起去。于是，学校开始疯传宋安可与余夏至两人有着不正当的关系。

宋安可一心只读圣贤书，两耳不闻窗外事，即便是偶尔听到这种无凭无据的谣言，也不会放在心上。

余夏至却不同，她性格本就活泼，不像宋安可这般整天除了学习，就只有一个朋友能倾诉玩耍，她只觉有些无可奈何。

那天宋安可又要牵着她的手一起去厕所，她下意识地躲开，吞吞吐吐地说："你听到那些人是怎么议论我们的吗？"

宋安可向来敏感，听到这种话当即就收敛起脸上的笑，看都不看余夏至，径直走出教室。

余夏至知道自己这话说得太直接了，可说出去的话如泼出去的水，覆水难收。

余夏至明显感到宋安可对她有些疏远，说话也爱答不理，无论吃饭还是上厕所全都一个人去。

她越是这样，余夏至越觉得心里不踏实，终于在一个礼拜后，与她把话挑明。

彼时的余夏至尚且年幼，正处于最敏感的青春期，外界的任何流言蜚语都能给她造成难以想象的创伤。

宋安可则不同，她从小便比一般人经历得多，性格使然，也让她更自我，更明白自己究竟想要什么。外界的任何波动于她而言都不过是一点点轻微的风吹草动，不足以影响她的心情。

听完余夏至的话，宋安可只觉好笑。

余夏至永远也忘不了，她说那话时，微微有些倨傲的表情。

盛夏的阳光穿过树梢，被繁茂的枝叶割裂成碎屑一般的光点，洋洋洒洒地落在她的身上。

她整个人都笼在这样一片光与影之中，清冷梦幻得不似真人。

余夏至像是第一次发现宋安可竟长得这么美，整个人傻愣愣地呆站在那儿，直至宋安可的声音响起，堪堪拉回她的思绪。

她说："你为什么要在意这么多？他们还觉得翘课、打架很酷，学习一无是处呢。"

从那以后，余夏至再也不因那些问题而苦恼。

她们之间又恢复成从前那样，只不过又多了个共同的目标，那便是考上同一所高中，分到同一个班级。

两年时间转眼即逝……

中考成绩出来的那天，宋安可高兴到每时每刻都在傻笑，那也是余夏至第一次见她露出少女该有的神情。

宋安可计划里的第一步便是考进省重点高中，离苍南县远远的。当年宋妈留给她的卡上有不少钱，她一直都没动，宋妈虽从未与她联系，但每隔几个月都会转一笔钱来。这些钱完全足够她用来缴学费，即便宋爸反对，她也无所畏惧。

后来她们果然进了同一所高中，分到同一个班，甚至还被分到了同一间寝室。

宋安可乐得几乎要跳起来，直接踮起脚尖，"吧唧"一下在余夏至脸上亲了一口。

余夏至甚至都没反应过来究竟发生了什么，当她意识到的时候，一股异样的感觉顺着她心口蔓延至四肢百骸。

就像……就像是被喜欢的女孩子亲了一口。

联想完，她又忍不住唾弃自己，安可本来就是女孩子，她也还挺喜欢安可的，这都什么乱七八糟的破想法。

余夏至比一般女孩子长得都高，在别的女孩子都快要停止生长的时候，她还像是打了激素似的疯长。眼看就要比宋安可高一个半头，一米七六的大高个儿，又是一头利落的短发，和宋安可走在一起，说是她男朋友都有人信。

也因余夏至长得高，男友力爆棚，倒也给宋安可带来了不少便利。

宋安可是个除了寒假暑假都会住宿舍不回家的人，为了照顾留校学习的高三党，除了过年，学校里几乎都有宿管阿姨在。

余夏至家里人好不容易同意她留下来陪宋安可，却碰上宿管阿姨不在的情况。

其实那天宿管阿姨早就贴了条子，只是宋安可没能仔细去看而已。

他们学校管得严，手机什么的统统都不给带到学校来。

宋安可与余夏至就这么叫天天不应，叫地地不灵地被锁在宿舍楼里。

宋安可很是懊恼，一直都在自责，急得在一楼走道里直跺脚，很少见宋安可这么不淡定的余夏至捂着肚子直笑。

宋安可没好气地瞅她一眼："你还笑，我们都出不去了。"

余夏至这才有所收敛，忙憋住笑，摆出一副正经脸："怎么办？会不会被饿死啊？"

宋安可急得翻了个白眼，都没心情和余夏至瞎贫了。歇了会儿，她又开始扯着嗓子继续喊救命，希望有人能够发现她和余夏至还被关在这里。

余夏至依旧一副吊儿郎当的样子，在宋安可的逼迫下很是敷衍地号了两嗓子。

然而却并没有人发现她们。

宋安可还想继续压迫余夏至，却见她突然神秘兮兮地说："你在这里等我一下。"

宋安可满头问号，回过神来时却发现余夏至已经身手矫健地跑得不见人影。

宋安可又蔫巴巴地喊了几声，随后她眼前一花，只看到个白花花的影子从高处坠落，接着就传来一声巨响，竟然是余夏至跳到了地上。

宋安可简直吓得魂飞魄散，抓着栏杆，声嘶力竭地冲一动不动倒在地上的余夏至喊着："小夏！小夏！你没事吧？没事吧？"眼泪几乎都要冒出来，只恨有扇铁门把她锁在了这里。

待宋安可喊到第十声的时候，余夏至一骨碌从地上爬起，笑得嘴都要咧到耳根："你还真相信我摔着了啊。哈哈哈，平常这么聪明，现在怎么这么傻？真摔下来能不流血吗？"

宋安可瞠目结舌，下一刻就变成怨妇似的握着铁栏杆，从牙缝里挤出七个字："余夏至！你好得很！"

余夏至也没想到宋安可这么当真，看着宋安可眼眶都憋红了，她只觉大脑一片空白，赶紧跑过来安慰："别哭了，别哭了，我下次再也不吓你了。"

宋安可不想理她，干脆转过身去，背对着她。

她既懊恼，又尴尬，只恨自己脑抽，没事乱开什么玩笑。

平常她那张嘴倒是挺能策，到了关键时刻，却像被堵住了似的，半天说不出话来。

两人就这么隔着一扇铁门，尴尬地僵持着，直至宋安可饿了，肚子里发出一声"咕噜"打破沉默。

笑点奇低的余夏至忍不住"扑哧"笑出了声，宋安可没好气地转过头来瞥她一眼："笑什么笑，既然都跳出去了，还不赶紧找人开门。"

余夏至行了个不甚标准的军礼："是，女王大人。"

宋安可被她那滑稽样给逗乐了，却又时刻记得自己此时正在生气，一张小脸扭曲得很。

余夏至想说又不敢说，声音闷闷的："想笑别憋着，憋坏了找谁赔去。"

宋安可强忍笑意，板着一张小脸："行了，行了，赶紧去。"

余夏至身高腿长，一下就跑得没了人影。不多时，她就气喘吁吁地拎回一盒快餐，脑门上的汗都来不及擦，把盒子塞进宋安可手里，大长腿一迈，又跑得不见人影。

宋安可望着她渐渐远去的人影，怔怔发呆。

宋安可像是在自言自语，又像是对时不时从她身体里冒出的那个声音说："她是只属于我的，对不对？"

七、许久都不曾与她说话的宋安可突然出现了，她说话的声音依旧清冷且缓慢："你还想不想和我考同一所大学？"

余夏至向来活泼。宋安可从前虽也内敛，却也不至于像现在这样孤僻，整天除了学习，就只和余夏至一个人接触。

余夏至绝大部分时间都与宋安可待在一起，但她们毕竟不是连体婴儿，总会需要自己独立的空间。

这些年来，余夏至一直努力地把宋安可往自己的圈子引，宋安可却一直都在努力避开，只要有除余夏至以外的人在，她都会冷着脸离开。

余夏至太了解她，甚至她一皱眉，余夏至都能猜到她在想什么。

知道宋安可生气的她又怎会继续待下去，自然得找个借口和宋安可一起离开，一来二去，她自然与那些人越来越疏远。

整个一中最有名的两个女生恐怕就是宋安可和余夏至了。

宋安可是因为成绩好、长得漂亮且高冷女神范，余夏至则是因为长得帅。

当然，更多的原因还是她俩这个无比拉风的组合。

随着智能手机的普及，网络越来越发达，二次元文化也渐渐在学生中间流行起来，对百合、蕾丝、拉拉之类的字眼她们并不陌生。

在这种大环境下，余夏至无疑成了传说中炙手可热的追捧对象，总有那么些想尝试新事物的少女羞答答地找上她。这让一个外表放荡不羁、内心其实依旧少女的她感到无比焦虑，然而，更让她焦虑的还在后面。

宋安可长得精致可爱，又有学霸的光环笼罩着她，在众人看来，无疑是朵不可攀摘的高岭之花。

知道宋安可名字，偷偷暗恋着她的不少，可真正敢来采撷的却是寥寥无几。

第一个敢于吃螃蟹的勇士是在宋安可高一下学期出现的，是高她一届的学长，和从前的顾随安属于同一类型，阳光开朗，一笑就会咧开一排小白牙。

或许正是因为这个原因，宋安可对他也不算抗拒。

宋安可的不抗拒所导致的后果是，他像条尾巴似的，得了空就跟在宋安可屁股后面。宋安可能忍，余夏至根本就没法忍，竟背着宋安可把那男生约出去打了一架。

宋安可得知这消息的时候，余夏至正与那男生一起站在教导处接受思想教育。

好在余夏至向来嘴甜，会忽悠人，教导主任见她认错态度好，平常表现也可圈可点，只让她写了份检讨，全校通报批评下就算了。

危机被解除，余夏至心情好得很，甩着差点被人拧断的胳膊，一瘸一拐，哼着小调往教室走。

宋安可半路拦截住她，面无表情地将她一路拽到医务室。直至校医替她上好药，宋安可才面色阴沉地与她说话："为什么要打架？"

为什么要打架？

余夏至也不知道自己究竟是怎么了，她沉思良久，只得出一个结论："看他不爽。"语罢，又觉这个理由不够充分，补了句，"所有长得像顾随安，又想接近你的，我都看不顺眼。"

宋安可不知道该怎么接这句话，无论是对自己，还是对余夏至来说，顾随安都是无人能够替代的。

此事就此过去，两人本以为她们之间会因此事的平息而恢复宁静，却从未想过，这件事会变成一根导火索。

余夏至怒发冲冠为红颜的"英雄"事迹被传得沸沸扬扬，原本只是隐晦猜测她们之间关系的人，仿佛就因这一架找到了实证。两个当事人甚至都不知道发生了什么，就莫名其妙被同学们看成一对。

有人开始爆料，说宋安可和余夏至在初中的时候就是有名的一对，还有人拍着胸口，信誓旦旦地说，和她们同寝的都知道，她们平常在宿舍，澡也要一起洗，床都要挤同一张，妥妥的有"奸情"。

谣言越传越盛，比初中那次传得更为广泛，几乎是尽人皆知。

余夏至甚至开始怀疑自己的性取向究竟是不是正常的。

她嘴上说着那些人无聊，实际上已经有所行动。

她开始找各种理由疏远宋安可，头发也渐渐留长了，甚至，会有意和一些男生混在一起。

相比较余夏至的疏离，宋安可依旧当作什么都没发生一样，开始变得黏人再无以前的高冷，甚至能够当着余夏至的面，与那些男生和谐相处。渐渐地，那些男生统统转入了宋安可的阵营，从前清冷不苟言笑的宋安可竟能肆无忌惮地和那些男生打闹了。

余夏至甚至能够清楚地感受到，宋安可在与她抢，无论她与谁走得近，那人最终都会被宋安可抢去。

这个想法一冒出来，连余夏至自己都不敢相信。可人总是会变的，说好要一直替顾随安照顾好宋安可的自己也变了，不是吗？

她们的关系变得越来越错综复杂，余夏至越来越迷茫，越来越不清楚自己这样刻意疏远宋安可究竟是对是错。直至高考前的那天，许久都不曾与她说话的宋安可突然出现了，她说话的声音依旧清冷且缓慢："你还想不想和我考同一所大学？"

余夏至的血仿佛在这一瞬间凝固，她几乎是毫不犹豫地说出了那个字："想。"

宋安可嘴角微微掀起，勾出清浅的弧度："那么，我们不见不散。"

后来，她们终究没能考上同一所大学。

宋安可去了她梦寐以求的浙大，余夏至则在上报志愿的前一天改了志愿，去了上海。

自那以后两人就断了联系，余夏至前期一直都在逃避，刻意躲着宋安可。等到她理清一切的时候，宋安可已经完全被"妖"所吞噬，从此在她生命中消失。

故事就在这里结束。

秋天里的螃蟹最是肥美，千黎犹自欢快地啃着螃蟹，发现宋安可正目光灼灼地盯着自己，只得抬头回话："你全部说完了吗？可是这些跟我们有什么关系？"

宋安可摇摇头："还有一小截才算说完。"

千黎舔舔沾了蟹黄的手指："唔，那你继续说。"

宋安可声音再度响起的时候，李南泠又替千黎剥了条蟹腿。

"那时候，我以为自己完全控制了她的身体，却没料到她的执念竟然如此强烈……"

虽说宋安可已经完全被妖所吞噬，但她身体里依旧有一缕执念未曾散去。正是因为那缕执念，原本该销声匿迹的被吞噬了的宋安可依旧频繁地在人类社会里活动。

虽说她一直都在刻意避免与余夏至相遇，不让两人有任何联系，却被宋安可的那缕执念所支配着，每逢放假便坐高铁去上海，悄无声息地混入余夏至的学校。

余夏至因身高优势，兼职做了 T 台模特。如今的她，蓄起了长发，举手投足间都散发着浓郁的女人味，她身边的追逐者越来越多，宋安可则耐着性子，一个个拦住那些人，笑容诡谲且妩媚："我的人，你也敢动？"

她越来越受不了这样的自己，更不想成为史上第一个被宿主折腾死的异形妖。万般无奈下，她才找到恰好来到苍南县的李南泠与千黎。

说到这里，她幽幽叹了口气："我虽已经完全吞噬宋安可，可她的执念着实太深。即便是现在，我只要一见到余夏至，就会冒出极强大的控制欲，会把持不住地去勾搭那些和余夏至关系亲密的异性。"说到这里，她又很是苦闷地叹了口气，"以至于，余夏至都二十好几了，还没真正谈过一次恋爱，全都被我给破坏了。"

虽然听完了整个故事，千黎却依旧不明白，她为什么会找上自己。她嘴里塞着一大块蟹腿肉，含混不清地问了句："所以，你所求的究竟是什么？"

宋安可不大好意思地用手指绕着她散落在肩上的鬓发："那个……我其实就是想让你们断了我对余夏至的念想。"

千黎简直要被蟹腿肉给噎死，灌下一杯冰凉的果汁后，才开始不满地嘟囔："我们只管杀你这种妖，哪里有能力，做得来这种事？！"

言下之意，就是不想干。

相比较激动的千黎，李南泠依旧眉眼含笑，一副波澜不惊的模样，甚至还笑着打趣道："解铃还须系铃人，这是由求而不得所引发的执念。既然你这个躯壳对余夏至的占有欲如此强，你倒不如找个借口和她同吃同住，感受下独占余夏至的滋味。"

宋安可宁死不从，信誓旦旦地说："那我宁可拿块豆腐撞死。"

李南泠倒是真有自己的见解，剥出最后一条蟹腿肉，定定说道"你这个问题其实很好解决。"

一语落下，千黎与宋安可同时睁大了眼望着他，以待下文，他却开始卖起了关子："这个忙我们可以帮，但我要确定你手中真有那把钥匙。"

"有的，有的。"宋安可点头如捣蒜，"真有的，我用性命来担保。"

后记

解铃还须系铃人，宋安可因余夏至而生出执念，唯一能解开她这执念的也唯有余夏至。那只妖死活不肯见余夏至也没关系，李南泠与千黎所要做的便是充当引线人的身份，引诱她们见面。

凡事见面再说，之后究竟会发生什么，那就是之后的事。

计划就这么定下来了，千黎与李南泠兵分两路，李南泠负责引那只妖，千黎则负责引余夏至。约定见面的地点则在杭州西湖断桥边，希望通过这次见面，断了宋安可的执念。

当天下午，千黎便买了去上海的高铁票，直奔余夏至学校。

见到余夏至是在晚上七点左右，在学校附近的一家甜品店里。

余夏至正如那只妖所形容的那般高挑英气，坐在人群里便是最扎眼的那一个。

千黎嘴角漾出微笑，径直走过去，坐在余夏至对面的位置上。

服务生应声而来，尚未摆好菜单，就听到千黎带笑的声音："不用了，和对面一样就行。"

听到这话的时候，余夏至终于抬起了头，用略显奇怪的眼神扫了千黎一眼。

就在服务生抱着菜单转身的一瞬，千黎忽而朝余夏至启唇一笑，声音无端地带着几分蛊惑人心的意味："你认识宋安可吗？"

有多久没听到这个曾天天在耳畔环绕的名字了，余夏至一怔，半晌才反应过来，眼前的女孩子确实在说宋安可。

然后，千黎又接着说："如果，我说她想见你最后一面，你会不会赴约？"

余夏至眼睛霍然睁大："为什么说是最后一面？"

千黎微微叹了口气："既然说是最后一面，就自有我的理由。"说到这里，她刻意停顿许久，方才再继续，"这是一个秘密，她并不知道我偷偷来找你了。"

突然冒出一个人对自己说这样的话，余夏至并未对整件事感到质疑，而是声音颤抖地问了句："她现在还好吗？"

千黎在心中回想一番，方才抿了抿唇，说："我不知道该怎么回答你所问的这个问题，她如今的状态，真不是能用好或不好来形容的。"

如此开门见山的方式也是李南泠所提议的，两人见面解决问题，总得有一方是真心想见另一方。这是解决一切的关键，否则，他们也没必要千方百计骗两人来见面。

余夏至的反应令千黎十分满意，余夏至再未询问别的东西，只是道："我要去哪里见她？能不能晚一点？明天是她的生日，我学了烘焙，一直想做蛋糕给她吃，却没机会……"

千黎点点头："当然可以的。"

翌日上午十点半，千黎就和余夏至抵达西湖断桥边。她们到得太早，李南泠与宋安可仍在高铁上。余夏至就这般提着个十二寸的蛋糕陪千黎围着西湖逛了整整三圈，那边却传来消息说，他们估计要下午才能到高铁站。

两人索性吃了点东西就跑去看电影。

电影是千黎爱看的动画片，千黎看得津津有味，余夏至却一直心绪不宁，电影只看到一半，就收到他们下高铁，上了地铁的消息。

千黎万分舍不得，一步三回头地出了影院。在自然光的照耀下，余夏至的脸微微有些发红，若不是她此刻手中提着蛋糕，她一定会窘迫到不知道该把手放哪里，她一直不停地问千黎："你觉得我头发乱吗？"

"你觉得我衣服皱吗？"

"你觉得我妆花了吗？"

起先千黎还愿意回答她，到了后面千黎都已经懒得说话，反正即便是回了，她又会即刻抛出下一个问题。

余夏至就这般紧张忐忑地等到了宋安可。

隔了老远宋安可便瞧见了站在断桥边、提着蛋糕的余夏至，她的第一反应竟是转身就跑。李南泠按住她的肩，轻声说了句："不正面迎接，又要如何击退？你难道希望自己一辈子都被那缕执念所支配？"

宋安可脚步一顿，在余夏至的注视下，硬着头皮一步一步地走了过去。

彼时已入深秋，落叶漫天飞，宋安可踏着一地厚厚的落叶而来，仿佛隔了一个世纪。

终于，她们靠近，余夏至垂眸望着自己手中的蛋糕，与她道了句："生日快乐。"

千黎与李南泠不知何时消失的，她们从疏远又渐渐恢复熟悉，自然而然地提着蛋糕相约去吃饭、去看电影……

接下来究竟发生了什么，千黎与李南泠并不知晓，他们只知后来宋安可替余夏至挡了一场车祸。

那场车祸带走了宋安可最后一丝残念。

翌日清晨，煲好粥来医院看宋安可的余夏至发觉病床上空无一人，也没办出院手续，宋安可就这么毫无预兆地失踪了，一如两年前那样。

千黎和李南泠坐在第一次见到宋安可的茶餐厅里吃饭，服务生又突然过来递给李南泠一样东西，是把造型古朴的青铜钥匙。

落地窗外，宋安可正拄着拐杖朝他们挥手，然后一瘸一拐地离开。

千黎放下手中的汤勺，难得认真地说："她大概也很喜欢余夏至吧，否则一缕小小的残念又怎能这么轻易地控制住她？"

李南泠嘴角微微翘起，眼睛望向宋安可离开的方向："或许吧。"

千黎懒得再去想这么多，随手摊开一卷羊皮纸，说："终于只剩最后一个地方了。"

那里可是封印着她最后四成修为的地方呢。

——苍南卷完——

一、她与李南泠曾结下契约，无论哪方面临危险，另一方都能清楚感应到。

千黎与李南泠启程前又收到一张卡片。

依旧是在餐厅，依旧是服务生递过来的。

这是一张仅有巴掌大的卡片，看到上面熟悉的字迹，一眼就能认出这张卡片和从前那两张是出自同一个人。

上面只有简短的两句话：

再附赠你们最后一个秘密，第五把钥匙在李南风手上。

PS：我既然能够告诉你们有关李南风的消息，他自然也能够通过相同的途径打听到你们的消息。

李南风即李南泠的哥哥，那个从他得到羊皮纸开始便一路下杀手，让他不得不加入 Z 组织以求庇护的人。

李南泠对这点深信不疑，否则，他们又怎会一路走来都不停遭到李南风的埋伏袭击。

一点点撕碎那张卡片，将其浸泡在装满浓汤的碗里，直至上面的字迹全然洇染成一团，李南泠方才柔声询问千黎："吃饱了没有？我们该出发了。"

除却佘念念那次，只要钥匙一到手，千黎便能清晰感受到封印的位置，这次也不例外。

第四重封印的位置依旧在浙江省境内，位于杭州西郊淳安县境内的千岛湖镇。

千岛湖被誉为世界上岛屿最多的湖，因湖内拥有 1078 座翠岛而得名，与加拿大渥太华西南 200 多千米的金斯顿千岛湖、湖北黄石阳新仙岛湖并称为"世界三大千岛湖"。它的总面积为 982 平方千米，是 1959 年新安江水力发电站而拦坝蓄水形成的人工湖，水库坝高 105 米，长 462 米；水库长约 150 米，最宽处达 10 余千米，最深处达100余米。在正常水位情况下，水域面积约580平方千米，比杭州西湖大104倍，蓄水量可达178亿立方，比西湖大3000多倍。

范围如此之广，即便是千黎亲自出马，也得花上一番工夫。

翌日上午八点，李南泠便带着工具与千黎一同抵达千岛湖镇，接下来便需要确定路线，再坐渡轮上岛。

兴许是距离一下拉近千黎有些不适应，她茫然盯着水面望了许久，定定地指向某个方位，询问身边的导游："那里都有哪些岛？"

顺着她的指尖望去，只见远方一片碧色的水域镶着一个个翡翠珠子似的岛屿，哪能一个个告诉她都是啥岛呀。

导游心里虽是这么想，却仍笑盈盈地接话："那里的岛可多着呢，不过最值得去的还是梅峰观岛。咱们千岛湖上岛虽多，可唯有这梅峰观岛才是整个千岛湖的精魄。正所谓不上梅峰观岛，不识千岛真面目，那里不仅仅是咱千岛湖的一级景区，还是整片千岛湖登高览胜的最佳去处……"

导游噼里啪啦说了一通话，千黎只听进了"整片千岛湖登高览胜的最佳去处"这句话，当即便应下："就去那里吧。"

导游又笑："那里可没有单独的门票，你们要去的话可得买连票套餐。"

千黎不甚在意，像个款爷似的挥挥手说："无所谓，随意。"

梅峰观岛太大，步行的话定要花上很长的时间，千黎与李南泠索性选择坐缆车观光。

一路上，李南泠倒是优哉游哉地赏着景，千黎则全程闭目养神，集中精力感受第四处封印。

在缆车上升到全岛最高点的时候，千黎亘古不变的脸色终于有了变化，她依旧未睁开眼，唯有睫翼不停地轻颤。她的神识在某一个点感受到了极其强烈的波动，仿佛有股极其强大的力量在召唤她。

她本还想再进一步探测，可发散出的神识却像陷入泥潭里，仿佛有什么东西隔绝了她的进一步搜索。几番尝试都败下阵来，她只得放弃，悠悠睁开眼。

全程关注的李南泠发现千黎的异常，即刻询问："怎么样了？"

千黎摇摇头："只能大致感受到在哪里，无法再进一步探寻。"

李南泠揉揉千黎的头发，笑着说："不急，咱们有的是时间，慢慢来便是。"

千黎只得点头，闭目养神歇了会儿又突然想起什么似的，说："我怎么这么傻，竟然忘了，还有一个更省事的办法。"

临近黄昏，游完整条路线的千黎与李南泠坐渡轮返回千岛湖镇。千黎选了家离湖近的酒店，只等黑夜来临。

千黎这次所想到的办法与先前的撒豆成兵有异曲同工之妙。

残阳一点一点地敛去最后的光辉，天地间霎时一片昏暗。

华灯初上，秀水街上的各色酒吧里人影攒动，夜生活已经开启。

千黎捧着李南泠买来的烤串，坐在湖畔悠然自得地吹着凉风。

夜风习习拂来，将她手中烤串的香味吹向遥远的地方。

大约深夜一点的时候，路上才渐渐没了人影。

千黎在湖畔搭了个简易的祭台，以从酒店借出来的矮几做香案，上面供着猪、羊、牛三种禽类的肉，中间还摆了个简单粗暴的自制香炉，上插三根线香。

千黎不紧不慢地吃完手中最后的烤串，再以瓶装水净手。一切就绪后，她便捏着李南泠先前用来砍空中陵墓中古银杏木的万年槐木剑，围着香案神神道道地舞着剑边跳边唱着什么。

也难怪千黎非得选在深夜没人的时候，否则一个正常人大晚上看到这一幕非得吓出神经病。

千黎平日里的声音很是清脆，唱起这支曲调苍凉古怪的歌谣时，声音显得格外喑哑低沉，像丝一般在水面拉扯铺张开，即便是李南泠都听得起了一身鸡皮疙瘩。

不多时，水面便浮现一个庞大的黑影，似鱼又似蛟龙，摆动着巨大的尾鳍朝岸边游来，一股浓郁的鱼腥味紧随而至。

黑影靠岸，李南泠依旧看不清那究竟是个什么东西，因为它整个身子都笼在一片黑雾里。

香案上的线香恰好燃尽，香灰被湖风吹得四处飘散，些许粘在了供品上。

千黎停下手中动作，径直走向湖畔，伸出手去触摸那只笼在黑影里的水怪。

随着千黎手臂的抬起，那只水怪竟虔诚地低下头来，也就是在这时候，李南泠方才看清那只水怪的真面目。

那是一张极其恐怖的脸，青鳞遍布、獠牙交错，在灿白月光与两岸灯光的相互映照下泛着森冷的光。

眼看千黎的手就要掠过它的唇齿，落在它额头的独角上，李南泠倒吸了口凉气，原本离千黎尚有一段距离的他不动声色地朝千黎所在的方向靠近几分，以求最大限度地将千黎拉入自己的保护圈。

千黎口中发出奇怪而短促的声音，像是在与水怪进行交流。半个小时后，她的手终于离开水怪的独角，端起香案上的供品投入水怪张开的口中。而后，她又拍了拍水怪的鼻头，道了句："真乖。"水怪便拖着庞大的身躯再度掩入碧波万顷的湖水中。

水怪离开，四周的风仿佛变大了一些，李南泠悬着的一颗心也终于落了地，最后，他还是出于谨慎地问了句："召唤这么大一只水怪，被人看到怎么办？"

千黎不甚在意地摇摇头："不会的，我布了结界。"话音才落，她又弯了弯唇，遥遥指向湖中心，"刚才那个小可爱告诉我，第四处封印就藏匿在千岛湖底。"

李南泠对千黎口中的小可爱的爱称不敢苟同，两人再度商讨一番，最终将潜水解封印计划定在这天清晨。

千岛湖多岛多水，来之前李南泠便做好了要潜水的准备，房间内还静静躺着一整套完备的潜水设备。

千岛湖是个人工湖，水底有两座保存完好的千年古镇，最深处可达一百米，一百米以下皆是淤泥，没有阳光的折射，水虽清澈，能见度却也只有十二米，水下更是一片漆黑，非得打着防水强光手电筒才能勉强看清。

据水怪所说，那处封印便是藏在水下古镇狮城附近。

李南泠与千黎连夜带着装备赶往被湖水淹没的狮城古镇附近。

此时正值深夜三点半，湖面一片漆黑，既无月光也无灯光，可谓真正的伸手不见五指。

千岛湖水质好，又有世间罕见的保留完整的千年古迹沉在水底，每年慕名而来潜水的人很多，但大部分都集中在水位更浅的冬季，千黎与李南泠倒是恰好避过了潜水高峰期。

从前千岛湖上也为游客提供潜水体验活动，后来因为出过一场事故而停止。

千黎是妖，夜再黑也能如常视物。他们来这么早也不是没有原因的，毕竟李南泠是凡人之躯，水下情况不明，千黎也不会让他贸贸然下水，在李南泠下水之前，自然得让千黎亲自探测一番。

千黎不像李南泠那般穿着潜水服扛着氧气罐，她只换了一身利落的衣服，与李南泠交代几句便下了水。

下水后，那股异样的感觉突然之间就变得强烈起来，再也不似白天在梅峰观岛那样一放出神识就被什么东西给隔绝。她能够清楚地感受到传出那股能量的地点究竟在哪里，她顺着自己的感觉一路下潜，游至狮城牌楼，再使出妖力将自己潜在水底，如在陆地上行走一般在这座不见天日的古城中前行。最终她停靠在一口四周上着锁链的深井边上，就在那里，她心口突然又传来一股异样的感觉。

她与李南泠曾结下契约，无论哪方面临危险，另一方都能清楚感应到。

二、我既然敢回来，自是早就铺好了后路。

千黎不再停留，即刻浮上水面。

湖面依旧是浓墨一般黏稠的夜，广阔无垠的湖面唯有千黎眼睛里散发出的红芒在闪烁，无端地增添几分森冷。

捆着李南泠藏匿在植被繁茂的岛上的一行人不禁心头发颤，正常人的眼睛哪里会发光，那小姑娘果然是个妖孽。

李南泠虽被人偷袭敲了闷棍，人却未完全昏厥失去意识，昏昏沉沉间，他感受到千黎正在朝自己所在的方向逼近。

千黎眼睛里看到的，这样的黑夜与白天里无异，那群人藏得虽隐蔽，千黎却能轻易找出他们的藏身之地。

随着千黎的不断逼近，那群人的心简直要提到了嗓子眼，让他们松一口气的是，千黎终于在离他们十米开外的地方停了下来，只见她以人类无法做到的高难度姿势悬浮在湖面。

水面袭来一丝凉风，那群人只觉有冰凉的液体飞溅在自己脸上。下一瞬，原本还在十米开外的两点猩红就已挪至眼前，一时间惊叫声四起，他们想逃离，才准备动身他们的头颅就已经与身体分离，被困在中间的李南泠则被千黎以一根藤蔓卷至怀里。那些静静倒下去的尸体悄无声息地滑入湖底，水面突然出现一个巨大的漩涡，一道庞大的黑影悄无声息地自水底游来，张开血盆大口，尽数将其吞没。

千黎能够百分百确定那些人，或者说那些异形妖是李南风派来的。而李南风一贯的行事风格都是先送一批打酱油的过来混淆视听，真正厉害的往往都在后面，你以为自己已经大获全胜，实际上对方真正的王牌都还没使出来。

她拎着李南泠上岸，随手掐了法诀将他弄醒，直言道："计划提前，我们得快些，否则等那些真正厉害的角色来了，凭我如今的修为，也不能保证能否将他们一举拿下。"

刚清醒的李南泠稍稍调整情绪，打着强光手电筒对自己的装备再度检测一番，方才戴上潜水面具，与千黎一同跳入冰凉的湖水里。

千黎早就探过虚实，一路上又有那种异样的感觉作为牵引，她很快便牵着李南泠抵达狮城内那口枯井旁。

枯井旁八根手臂粗的锁龙链分别往八个方向蔓延，冰冷的青铜色锁链不知蔓延至何方。

千黎就此停下步伐，俯低身子朝井口探去。李南泠甚至都未反应过来，就被千黎拽着一头栽进去。这口井比想象中还要深，足有二十米，若不是千黎有妖力，凭借李南泠一己之力怕是怎么也潜不下去。他虽受过这方面的专业训练，但始终是个业余的，能一口气潜入狮城就已经很不容易了，更何况还要在狮城的基础上再深入二十米。

井底并未连通暗河，也未沉积淤泥，圆润的井底竟铺了面硕大的阴阳鱼。千黎试着掏出宋安可送的钥匙，那把钥匙甫一出现便像是拥有了生命一般地脱离千黎掌心，竟自己找到一条锁龙链的锁孔，猛地插入。

只听"轰隆"一声巨响，水流顿时往上涌，险些冲走李南泠。

千黎咬紧了牙关，拼命运转体内的妖力，扯着李南泠往那裂开的阴阳鱼图纹里钻。

他们就像两尾逆流而上的鱼，挣扎了近半个小时后，终于冲进那不断涌出气体的巨大裂缝里。

两人身体才钻入一半，那股巨大的推力便轰然消失，接踵而至的是一股吸力。这股吸力猛地将两人吸入一个并无湖水和重力的空间里，阴阳鱼的裂缝就此合上，两人就像飘浮在太空中似的失去重心。

千黎心中那股异样的感觉越来越强烈，她用妖力推动着自己和李南泠前进，最终停靠在一副飘浮在半空的棺椁附近。那副棺椁依旧是可辟邪的桃木所制，周身捆着缠满黄色符文的锁链，不多不少，恰好八根，与井外向四面八方延伸的八根锁龙链遥相呼应。只是令人费解的是，它们看起来明明不像是有关联，却又让人禁不住将它们联系在一起。

此处并无重力，李南泠举起万年槐木剑砍了数十下，那些锁链都纹丝不动。

千黎急得索性让李南泠直接上手去撕那些黄色符文，才撕到第四根，那棺椁就有了反应，竟直接炸开，裂成四块。

千黎喜出望外，朝李南泠使了个眼色，旋即使用妖力将李南泠推出四五十米，直至抵达阴阳鱼所在的位置方才停下。

　　千黎再度出现时，堪称脱胎换骨，就像完全变了个人似的，看上去已经像个十八九岁的少女，眉眼浓丽，妖艳得出奇，仿佛只需一眼就能将人的灵魂吸进去。

　　来不及说任何话，两人又被一股强大的力量直推出水面。

　　天已经微微亮，他们下水的那片水域已然蹲守着密密麻麻的人影，不出千黎所料，果然又来了一队人马。

　　千黎刚准备出手便被李南泠制止，早在看到宋安可给他们的最后一张卡片的时候，他脑子里就又浮现出一个计划。他压低了声音，附在千黎耳畔说："我有个计划，需要你潜伏在暗中与我配合，才能进行……"

　　千黎悄无声息地再度沉入水底，李南泠双手高举，慢慢自水中爬上岸。他摘掉几乎挡住整张脸的潜水面具，朝那伙妖温润一笑："有劳你们接我回家。"

　　那伙妖自然不知道李南泠葫芦里卖的什么药。

　　其中一个领头的直接开口说："既然小公子想回家，我们这些做下人的也没法赶人。只不过小公子得明白，咱哥几个都是粗人，恐怕回去的路上都得委屈小公子您了。否则小公子您若是路上突然调皮了，我们几个又怎好与大公子交差。"

李南泠一副十分好说话的模样，二话不说就交出自己藏在这附近的包裹，任凭他们几个将自己捆成粽子。

传闻李家祖上都是修仙道的，不知怎的，到了李南泠这一代就成了专弄旁门左术、替人捉妖的邪修世家。

整这些旁门左术的大多都短寿，听闻他家祖祖辈辈皆没能活过五十岁便丧身荒野、死于非命。李南泠的父亲更是三十出头便撒手人寰，从此李家便由李南泠的哥哥李南风一手操控。

延绵千年的世家，甭管它究竟是邪派还是正派，总归都是底蕴深厚的，李南泠再强大，独自一人与李家杠上无疑都是以卵击石。

湘西，凤凰古城内。

李南风狭长的丹凤眼微微眯起，望着被人五花大绑送至自己眼前的弟弟李南泠。

他今天似乎心情不错，看见李南泠再不似从前那般横眉冷对，甚至走近了挑起李南泠弧度优雅的下颌，抿唇一笑："时隔七年，你倒是想起要回家了。"

李南泠面上波澜不惊，未流露出任何情绪，稍稍侧过头，避开李南风的手指，笑容剔透无垢："还不是因为一个人在外边过得太不容易。"

他这样的表情、这样的神态着实令人不相信他能过得有多不容易。李南风显然不相信他的话，并不言语，挑了挑眉尖，用一双寒气逼人的眼睛注视着他。

李南泠笑得越发真挚："哥哥为什么不相信我？若是真过得好，我又岂会回来？也不想想，你当年对我做过怎样的事。"

李南泠的话瞬间勾起李南风的回忆，他嘴角亦微微勾起，眼前仿佛又浮起幼小的李南泠蜷曲在这间屋子里不停啜泣的画面。

那时的他真小啊，脆弱到自己一根手指就能将其捏死，他不停地哭，不停地喊："哥哥，我好痛，我好痛，它们一直在咬我，哥哥……"

李南泠略显清冷的声音再度响起，恍然拉回李南风的思绪。

宋安可的提示太过笼统，她只说最后一把钥匙在李南风身上，却并未告知最后一把钥匙究竟是以怎样的形式存在的，是如千岛湖底那样有着实质的形体，还是如洛子峰空中陵墓那般，佘念念本身便是钥匙？

这个问题李南泠思索了很久，他本人更加倾向于后者，否则以李南风的性格，拥有了最后一把钥匙的他定然会主动出击，想尽一切办法去打听那把钥匙的来历，并且早就派人去黑竹沟历险，又何必等到现在？

"更何况我凭借一人之力根本无法深入黑竹沟腹地。"说到此处，李南泠弯起嘴角，缓缓地笑了，"想必你也听过那个地方，传闻它与百慕大、金字塔同纬度，常年迷雾弥漫，有碗口粗的巨蛇、神出鬼没的野人，甚至连熊猫都会在那种地方发生变异，变得性情凶猛，甚至还会袭击当地居民饲养的牛羊……这样一个地方，又岂是我能只身前往的？"

李南风脸上依旧挂着讳莫如深的笑："哦？你这么轻易地透露地名，难道就不怕我听了消息再杀人灭口？"

李南泠也不避讳："我既然敢回来，自是早就铺好了后路。"

李南风饶有兴致，尚未开口询问，李南泠的声音又徐徐响起："你即便知道得再多也都没用，世上只有我一个人完全吃透了那卷羊皮纸中所隐藏的信息，换而言之，也只有我才能够找到那张图所埋藏的宝藏。"

世人皆以为羊皮纸上的地图中所藏的是一笔巨大的财富，李南风自然也不例外。

两人你一言我一语，就这般心照不宣地达成一个协议。

李南风向来多疑，从来都不会百分百信任任何人。李南泠虽被他留在了李家老宅，但他每隔一段时间都会给李南泠注射药剂，使其浑身软绵，失去战斗力。

李南泠回来的第二天，李南风便已经开始着手准备前往四川黑竹沟。

千黎的最后一重封印正是建在四川黑竹沟腹地的石门关。旧时有"进了石门关，不见人生还"的古语，足以见得此处有多凶险，而今更是有"石门关石门关，迷雾暗河伴深潭，獐猴至此愁攀缘，英雄难过这一关"的民谚，石门关有"中国百慕大"之称，是名副其实的"死亡谷"。

三、那些碎片交汇拼凑成一幅幅完整的画面，犹如放电影般在他脑海里一帧帧跳跃。他在这短短一瞬之间，仿佛又重新经历一世轮回……

这些年来李南风一直都在研究异形妖，手下更是养了一大批异形妖，以最大程度挖掘出异形妖的潜力，而今倒是终于都派上了用处。

三天后，全副武装的一行人终于抵达黑竹沟，他们也从此次行程中明白，为什么此处会被称作"死亡谷"。

首先指南针在此处压根派不上任何用场，几乎可以说，一进来就失了灵。

四周不知何时起了一层迷雾，扑朔迷离，像是软绵绵的飘带，就这般肆无忌惮地横在人们眼前。

原本信心满满的李南风无端变得紧张起来，越是往前走，能见度便越低，雾气仿佛越来越浓，最后甚至浓到站在原地都看不到自己的鞋尖。

未可知的东西往往才是最可怕的，他下意识地拽了拽系在自己右手上的粗绳，粗绳的另一头绑着他的胞弟李南泠。他们俩明明只隔着半米不到的距离，他却完全感受不到李南泠的存在，只得拽着绳子询问："你还在不在？"

李南泠的声音缥缈得不自然，像是从极远的地方传来。

"在的。"李南泠的声音擦着耳郭，飘忽而来，"在这里千万不要大声呼喊，当地彝族人有古训，入山不得大声呼喊，否则惹怒了山神，会被迷雾卷走。"顿了顿，他又继而补充，"不过你也别担心，我是真认得路的，你紧跟在我身后走即可。"

李南泠话是这么说，实际上，他自己心中也没什么底。

他知道千黎此时就在附近，并且一路引着他往某个方向走，只是不知为什么，他心中会隐隐感到不安，仿佛自己真被千黎卷入一场迷雾之中。

此处的雾气仿佛是活的一样，每一处都有着迥然不同的颜色，现在呈现在李南泠眼前的雾气已然变成了烟紫色，能见度依旧维持在半米左右。

再也没人开口说话，没由来的沉重感压在在场每一个人心上，四周突然变得极其安静，只余不知从何处传来的细碎脚步声以及类似爬行类生物腹部鳞片与地面摩擦的声音。

走着走着，李南风就已经紧紧握住了李南泠的手。一绳之隔依旧让他感到不安，唯有这般真真切切地感受到他的存在，李南风心中的不安才能散去一些。

约莫半个小时以后，眼前的雾气终于消散一些，能见度从半米变成了两三米。他不禁放松警惕地松开了李南泠。一路走来，他们甚至可以清楚地看到地面肆意盛开着的野花，这对李南风来说无疑是个极好的消息，他一直以来都悬着的心好不容易落了地，却又在下一秒发觉一个惨痛的事实——围在他身边的那一圈异形妖全都不见了……现在整个世界仿佛就只剩他与李南泠两人。

一直埋头前进的李南泠也发现了这个问题，他不知究竟发生了什么，或许是千黎做了什么手脚，又或许是此地当真如此神奇……总之，他也解释不清其中的原因，在李南风探究的目光扫来的时候，他只得摇头，如实道："我也不知道究竟发生了什么。"

李南风似乎想要发作，尚未开口说话，他便觉眼前一花，迷雾于一瞬之间又重新笼罩上来，这次比之前还要黏稠浓密。这样诡异而又突然的一幕令他心中一紧，他刚想要拽住李南泠的手，下一刻却发觉自己握住的人似乎换了一个……

即便镇定如他都忍不住惊呼一声，然后他终于看清了，此时此刻与自己十指相扣的人究竟长什么模样。

那是一个极尽妍丽的十九岁少女，望着他的时候，眼睛里始终带着笑意，然后，她说："我终于明白，为何说最后一把钥匙在你身上了，说白了，不过是需要李家人的血而已。"

……

四周的迷雾出现得突然散得也突然，直至雾气全然散去的时候，李南泠方才发觉自己站在一个微微凹陷的谷底里，说是谷底，却又不像是天然形成的，倒似人工挖凿而成。

就在迷雾散去的一瞬间，他便已经感受到千黎突然消失，连同她一起消失的还有他的兄弟李南风，而他则突然到了这里。

他想大声呼唤千黎，却又担心迷雾会再次降临，好在不久以后，突然失踪的千黎又出现了。

她眉眼弯弯，仿佛愉悦至极。

不知为什么，李南泠总感觉她看上去很不对劲，终于开口询问："你刚刚去哪里了？"

千黎不予回答，她提着什么东西步步走来，随着她不断地靠近，李南泠终于嗅到一丝鲜血的气息，他试探着问了句："你手中提着的那桶东西是血？"

千黎笑笑，不置可否，只与他道了句："你站在那里别动。"

李南泠虽依旧满脑袋问号，却真的就站着不动了。千黎则握着个长柄竹瓢不断地从桶中舀出鲜血洒落在地上，她似乎在画什么图腾，神秘而又规则的图案像蛇一般围绕着李南泠。在最后一瓢血用完的时候，千黎丢掉竹瓢与桶，跳入这个图腾的正中间，与李南泠并肩而站。

异象就在下一刻发生，一道强烈的白光忽而迸发出来，迫使李南泠闭上了双眼。

再度睁开眼睛的时候，他发觉自己已然处在另一个空间，依旧是陵墓的构造，千黎依旧站在他身边，不同的是，此时此刻仿佛有个声音，不停地在他身边说："千万不要挥剑破除最后一重封印，你会后悔的，你会后悔的……"

陵墓里一副千年阴沉木材质的棺椁阴沉沉地摆在那里，像是匍匐的巨兽，周身都缠绕着锁链。

千黎眼睛里有着难以言喻的狂热，她目光灼灼地盯着那副棺椁，将仍在发愣的李南泠推至阴沉木棺椁前，递给他那把槐木剑："来，劈断这些锁链！"

她的声音仿佛有着蛊惑人心的力量，盘踞在李南泠脑子里挥之不去的声音突然间全部消散，他将那把槐木剑高高举起，只一剑下去，所有锁链皆应声而断。

他脑子里也仿佛有根弦就此断去，无数记忆碎片蜂拥而至，如潮水一般涌来，纷纷灌入他脑子里。

渐渐地，那些碎片交汇拼凑成一幅幅完整的画面，犹如放电影般在他脑海里一帧帧跳跃。

他在这短短一瞬之间，仿佛又重新经历一世轮回……

四、野丫头你等着，我一定会把剑抢回来的！

或许真是冥冥中注定的，李南泠的前世依旧是叫李南泠，是个根正苗红的修仙子弟。

千黎则是半妖，顾名思义，一半是人，一半是妖。

一千五百年前。

青丘山下的妖谷，月色朦胧的下弦月，不着寸缕的女婴在枯木下气若游丝地哭泣，哭音断断续续，时而急促，时而低缓，仿佛下一刻就会断气，引来一群嗜血的寒鸦。

夜鸦食腐肉，这孩子尚吊着一口气，它们并未即刻扑上去，围成一圈，静静等那孩子死去。

那孩子的生命力却是顽强至极，明明而今正值寒冬腊月，连草木都能被冻死的时节，她却不着寸缕地在此处哭了近两三个时辰都未完全断气。

寒鸦们兀自懊恼着，然而更让它们感到懊恼的还在后面。

又过了半盏茶的工夫，这荒郊野岭的竟出现了个人影，隔得太远，看不太真切，只能隐约判断出，大抵是个上了年岁的老翁。

老翁步伐矫健，若不是顶着一头花白头发，恐怕单凭他的身姿，只会让人以为他是个身强体健的中年人。

随着老翁的出现，寒鸦顿时一哄而散，振翅声不断地在夜空响起，犹如锋利的刀刃般割裂夜的宁静。

老翁一双慈爱的眼睛盯着女婴看了半晌，终于起身将那孩子裹入怀中，神态自若地继续赶路。

半个时辰后，老翁终于踏入妖谷。

谷中既无春秋也无岁月，甫一踏进去，整个世界都温暖起来，伏在老翁怀里的女婴依旧脆弱，老翁不敢迟疑，连忙带着她去寻谷主。

谷主的茅草屋建在妖谷最深处的一片菜地里，去了那里，可决计要小心，一个不留神就可能踩到什么萝卜白菜。那里的萝卜白菜可都金贵着，听闻是个神通广大的散仙所种下的，后来那散仙积下大福德去了九重天宫当仙君，他最早种在菜地里的一批萝卜成了精，也就是老翁而今要找的妖谷谷主。

老翁找来的时候谷主并不在，一棵头上犹自顶着簇金黄色花朵的油菜花脖子一歪，看似敷衍地给老翁指了个方向："别啰唆了，你顺着那个方向走，总能找到谷主的。"

谷主最是护短，得罪谁都不能得罪这帮子菜，老翁再不满也只得顺着油菜花的话去找谷主。

所幸那棵油菜花所言不假，不到半炷香的工夫老翁就找到了在泡温泉的谷主。

这位谷主最是放荡不羁，明明已有了千年的修为，却还是以一棵白白胖胖的萝卜原形在自己的子民们面前瞎晃悠，全然不知威严为何物。

瞧见老翁来了，懒洋洋的萝卜谷主在温泉里翻了个身，发出了慵懒的声音："咦？老柳树，你这怀里抱着的是什么呀？别抱这么紧，给我瞅瞅呗。"

话音才落，老柳树便觉眼前一花，只见一棵白白胖胖的萝卜抖着叶上的水珠，趴在自个儿胳膊上瞪大了一双小鹿般圆润的眼，盯着自己怀里的女婴啧啧称奇："是个半妖啊……"语罢，他又化出一双白胖胖的小手去捱女婴头顶毛茸茸的耳朵，"怕是青丘山上扔下来的小狐狸。不过，你说这孩子究竟是怎么被生下来的呢？难道真有母狐狸无私至此，宁愿牺牲自己都要与凡人留下个后代？"

这孩子头上长了对狐狸耳朵，只要是长了眼睛都能看出她是个半妖。老柳树的关注点并不在此，他不动声色地拉回被萝卜谷主带偏的话题，直言道："您看这孩子还能不能被救活？"

萝卜谷主收回身上的眼睛和手，又变回一棵再寻常不过的胖萝卜，抖着头上绿油油的叶道："先天不足，后天又被人如此对待，难说，难说，真是难说。"稍作停顿，他又补了句，"不过，你可以试试把她埋在我那块菜地里，就我当年蹲过的那个坑大抵还在的，你可以尝试着把她埋下去，兴许地里的灵气能把她救活。要是实在救不活，把她埋着既能安葬她，又能化作肥料造福我的子孙，倒是一举两得。"

萝卜谷主的话听着虽匪夷所思，却不失是个绝佳的法子。

寻常瓜果蔬菜本不能成精，萝卜谷主的菜园子却是个聚集灵气的风水宝地，否则又岂会滋生出他这么个法术高强的千年萝卜精。

老柳树依言将那个只剩半口气的女婴埋进了坑里，是死是活就看她的造化了。

老柳树不比萝卜谷主可以随意地四处走动，他此番出行是为积德报恩，人形还是在萝卜谷主施法下变出来的，只能维持三个月，时间一过，他又得变回柳树，乖乖蹲在静水湖畔。

从那以后，萝卜谷主又多了个业余爱好，有事没事就蹲在坑口看女婴，那孩子却从来都没一点动静。渐渐地，他也就忘了这件事。直至两年后，菜园里埋女婴的地方突然长出一株小苗，那小苗长得可爱极了，毛茸茸的，像对狐狸耳朵。

萝卜谷主觉得好玩又神奇，又变出一只胖手去摸了摸。

那耳朵似的小苗还会动，萝卜谷主一时兴起，将坑边的土刨松，两只胖手揪着那耳朵一拽，结果竟拽出个两岁大的小丫头，萝卜谷主顿时惊呆了，似乎整棵萝卜都不好了。

萝卜谷主地里种出个小丫头的消息不知怎的就传遍了妖谷。

妖精们活得久，见识少，最不缺乏的便是好奇心，一个个全都跑来围观。小丫头软绵绵一团，咿咿呀呀地在地上爬。萝卜谷主正得意着，忽而觉得头上一紧，竟是被那丫头揪住了自己头上脆生生绿油油的萝卜叶。

正所谓初生牛犊不怕虎，小丫头揪住他的萝卜叶也就罢了，还一直"咯咯"地笑，拍着手掌咿咿呀呀不知道说着什么。

丫头两岁能揪萝卜谷主头上的叶子，六岁就能甩着膀子在谷里到处惹祸——今天摘了牡丹头上新长出的花苞，明天将蛇妖一窝新出生的崽子们全系成了蝴蝶结……

这日丫头才惹完祸，被一只兔子精撵得撒着脚丫子一路狂奔。她人小腿短，兔子精又跑得快，眼看就要被追上了，空中突然掠过一只矫健的雄鹰。

原本还有些慌的丫头立马眉开眼笑，边跑边鬼哭狼嚎："鹰——鹰——鹰——快来救我呀，兔子急了要吃人啦！"

小姑娘的声音最是尖锐刺耳，直插云霄，传入雄鹰的耳朵里。雄鹰一个俯冲，掠向地面，两爪拎住丫头的后领直冲天际。

丫头乐得花枝乱颤，笑得一抖一抖的，还不忘对地下直跺脚的兔子精做个鬼脸。兔子精被丫头抢走了萝卜，又怕雄鹰，只得悻悻往回走。

丫头心情大好，全然不顾雄鹰边飞边教训她，说她又调皮了。

她一边偷着笑，一边装无辜。

雄鹰爪子力道太大，怕伤着她，只抓住了她的衣领，本以为这样伤不到她，却不想他低估了一个六岁小姑娘的体重。才飞了一半的路程，就听小丫头衣领传来"刺啦"一声响，她的衣服直接被撕裂，整个人像个秤砣似的往下掉。她也不怕，张开手臂，笑盈盈地大声嚷嚷："飞咯——飞咯——"

雄鹰想要飞来接住她，她却大喊："鹰，你可别再过来，再来我衣服都没得穿啦。"稍作停顿，她又喊了声，"柳树爷爷，快接住我呀——"

随着她话音的落下，静水湖畔的老柳树即刻舒展开枝条，原本娴静垂落的万千丝绦齐齐地朝同一个方向交错编织成一张碧绿的网，堪堪接住笑得见牙不见眼的她。

顺利落地的丫头亲昵地蹭了蹭老柳树苍老遒劲的树干，挥着手与一直在低空盘旋的雄鹰告别："鹰你走吧，我要回菜园啦。"

她一路蹦蹦跳跳往回走，途经一片灌木林的时候，突然听到几声微弱的低啜。

声音像是从另外一头传来的，六七岁的稚童正是好奇心最强烈的时候，一听到这个声音，她便又撒着脚丫子跑了过去，不曾想到，竟看见一个小孩蹲在地上哭。

她三两步跑过去，伸手戳戳小孩盘在头顶的发髻："嘿，小孩，你为什么要哭呢？"说这话的时候，她头上的耳朵还在轻轻颤动。

小孩一抬头就猛地看到她头上那对毛茸茸的耳朵，哭得越发厉害，颤颤巍巍地拿木剑指着她："妖……妖……妖怪！"

丫头觉得这小孩十分不讨喜，叉着腰，一脸老成地说："你这小孩好生没礼貌。"

小孩不服气，一声冷哼："你自己不也是小孩，竟然还敢这么叫我。"

　　丫头"扑哧"一声就笑了，睁大一双溜圆的眼睛："咦，你怎么不哭了？"

　　小孩像是尴尬极了，别扭地把脸撇到一边去，不说话。

　　丫头觉得好玩，一直围着他转，盯着他看了半晌，她又问出一句话："你从哪里来的呀？又要到哪里去？"

　　这话倒是问对了人，小孩一听立马将桃木剑横在丫头脖子上，一副正气凛然的模样："我为斩妖除魔而来，匡扶正义而去！"

　　"哦……"丫头明显听不懂，敷衍地应了一声，便低头看着小孩的木剑，问小孩，"你手里拿着的棒子是不是桃木做的呀？"

　　小孩有意炫耀，直接忽略掉不甚好听的"棒子"二字，很是傲娇地把头一仰。他尚未来得及炫耀他这桃木剑的来历，就被丫头一把将剑抢走，气呼呼地指着他鼻子说："你这个坏人，怎么可以用桃木做棒子！桃树爷爷会疼的！"

　　小孩才不管什么桃树爷爷、柳树爷爷会不会疼，被小丫头抢走了桃木剑，他当即便怒了，憋红着一张小脸对丫头说："你这野丫头快把剑还回来！"

　　"我就不！"丫头把剑抱在怀里，抢了人家的东西还一副很有理的样子。

　　他撸起袖子就要扑上去抢，尚未来得及实施，他便感受到远处飘来一缕强大的妖气。

　　只瞪了丫头一眼，他便头也不回地跑了，只剩余音袅袅："野丫头你等着，我一定会把剑抢回来的！"

　　五、来来往往终究抵不过一个缘字。

　　来者是萝卜谷主，丫头"噌噌噌"地跑过去，戳戳他圆滚滚的肚皮："谷主，谷主，你来啦！"

　　萝卜谷主圆滚滚的身体变得和丫头一般高，抽出一双胖胖的手，左手握住小丫头不停戳自己肚皮的小爪子，右手理理她因疯跑而弄得乱七八糟的头发："死丫头，又跑哪里闯祸去了？"

　　丫头嘿嘿一笑，蹭蹭萝卜谷主头顶绿油油的叶子，油嘴滑舌道"丫头活得好好的，怎么就成死丫头了呢？"

　　萝卜谷主向来护短，更是拿这个油嘴滑舌的丫头没办法，又觉得自己不能这么纵容她，伸出手指在她脑门上一戳，丫头白嫩嫩的脑门登时泛红，他这才解气："下次再疯跑，把衣服弄破了，就请你吃栗暴。"

丫头嘻嘻哈哈没个正经，一路牵着萝卜谷主的胖手蹦蹦跳跳地往菜地走，还不忘拿出自己抢来的桃木剑一番炫耀。

萝卜谷主一声叹息："这傻姑娘哟，这不是棒子，是木剑，专门用来斩妖杀厉鬼的，以后看到那种穿道袍、头上顶个发髻、手里拿剑的，都躲远些。"

丫头很是实诚地眨眨眼："为什么要躲远些呀？还有他们为什么要斩妖杀厉鬼？"

萝卜谷主撩了把她乱颤的毛茸茸的狐狸耳朵："你这么一说倒是提醒了我。"

丫头越发不懂："明白什么呀？"

萝卜谷主抖了抖头上的绿叶："你只需明白，那些修士天生就与妖为敌。妖吸了他们的精魄可以妖力大涨，同时，他们也能以妖的内丹炼丹药，既可延年益寿又能涨修为，两方天生为敌，没有为什么。"

丫头似懂非懂，萝卜谷主点到即止，也不再进一步阐述，倒是当日就封住了她那对手感极佳的绒毛耳朵。

这孩子年纪尚小，又是这般尴尬的身份，妖谷虽安详，可她难道真会一辈子都留在这里？

将来的事萝卜谷主不敢揣测，只能未雨绸缪。

而今妖族衰落，修仙界空前鼎盛，在这样的大环境下，顶着人类的身份总比半妖好。

　　自那以后，丫头游手好闲到处玩乐之余，又多了个消遣——等那小孩来拿剑。

　　小孩第二次进妖谷是两个月以后的一个艳阳天，丫头正抱着他的木剑坐在静水湖畔玩水。

　　玩到乏味的丫头只听一声暴喝："呔，妖怪哪里逃！"一回头就瞧见张涨得通红的小脸，丫头笑得开怀，像招待朋友似的敞开了怀抱："你怎么才来呀？！"

　　"咦，不应该是这样的反应呀……"小孩当即愣在了原地，旋即又看到她光秃秃的头顶，更是疑惑到都忘了自己究竟是干什么来的，直问道，"你耳朵哪里去了？"

　　丫头摸了摸脑袋，嘴角一弯，咧出一排编贝似的小白牙，唯独缺了中间那两颗，豁着两个黑洞，甭提多喜感。她全然忘了萝卜谷主对自己叮嘱过什么，直言道："耳朵呀……被萝卜谷主藏起来啦。"

　　不对，现在才不是关注这个的时候！

小孩再次确认自己来此的目的，原本松懈下来的小脸又皱成了一团："废话少说，快点把我的剑还回来！"

丫头是个做惯了流氓的主，嘴角一撇，"嘿嘿嘿"地笑了起来："你来抢呀——抢到了就是你的。"

她敢说敢做，话音才落下，整个人就像兔子似的跑得没影。

小孩那叫一个气呀，可气又有什么办法，人家跑得快，还不赶紧追，就真的再也追不到了。

谷里的妖精都抢不赢这丫头，更何况是这般孱弱的小孩。最后的结局自然是他愤愤离场，丫头挥舞着手，热情极了："别气馁，别气馁，下次再来，指不定就抢到了呢！"

小孩险些气歪了鼻子。

那小孩月月都要来一趟妖谷抢桃木剑，然而依旧次次都抢不赢。

这一切都被萝卜谷主看在眼里，雄鹰看到这一幕问萝卜谷主为什么不去阻止，萝卜谷主只说："小姑娘家家的总得有个玩伴。"

雄鹰也就没再问。

整个妖谷像是同时默认了那孩子，即便不小心撞见了，也假装眼神不好，当作没看见。

变故出现在一年以后。

小孩最后一次来妖谷距离上次隔了半年，半年不见，他明显蹿高了不少，不变的是，他依旧纤细白皙，比初夏刚从湖底捞上来的嫩藕看着还要可口。

许久不见小孩的丫头欢快地扑上去，瞪大了一双水汪汪的眼睛："你怎么隔了这么久才来呀？"

小孩仍是那副高冷样，傲娇地瞥了丫头一眼，不说任何废话直接扑上去抢，结果自然依旧没能抢到，非但如此，还不小心摔在了地上。

瞧小孩一直憋着泪水在眼眶里打转，丫头有些于心不忍，连忙将桃木剑塞进小孩手里："别哭啦，我把它还给你。"

小孩倔强地摇摇头："不要，我一定会自己抢回来的。"

丫头一把将小孩搀扶起来，咧嘴一笑："好呀，我在这里等你哦。"

彼时的丫头浑然不知，这是自己最后一次在妖谷里见到小孩，更不知时隔六年以后，他们会在那种地方再度相遇。

来来往往终究抵不过一个缘字。

六年后。

丫头刚满十三岁，好不容易打扮得像个小姑娘，又被她一顿疯跑弄得乱七八糟。

她吵着闹着，非要雄鹰与她玩捉迷藏，总是刚躲好就被抓到，到底还是她那身花里胡哨的衣服太打眼了，藏在一堆绿色的草木间，想要不被发现，除非那人是个瞎子。

丫头可没想这么多，索性一不做二不休，直接躲进谷口的结界里。

那是妖谷与凡间的交界处，空中飘着一层厚厚的云，即便飞在天上也不一定能看到底下究竟有着什么。

丫头这算盘倒是打得响，只是一出谷就发现结界外围了一圈人。

他们穿着与那小孩一般无二的苍青色道袍，头上绾着髻，大多数人手中都握着一把寒光内敛的青锋剑，虎视眈眈地盯着进入妖谷的方向。

好在丫头并未一头扎出去，否则非得被他们给逮着。

丫头就是再天真也能瞧出情况不对，也顾不上自己正在与雄鹰玩捉迷藏，一路提着裙摆，撒开脚丫子往菜地跑。

萝卜谷主又在泡温泉，白白胖胖的一棵萝卜浮在水面上。

丫头跑得气喘吁吁，声音里带着十二分的急切，人未至，声音已然飘进来："谷主，谷主，不好了，不好了，要打架了，妖谷外围了一群拿剑的青衣修士！"

丫头这一声可谓是震耳欲聋，萝卜谷主支棱起耳朵，登时就瞪圆了一双眼："你听谁说的？"

"我亲眼看到的。"丫头急得说话舌头都要打结，豆大的汗珠一颗颗地从脑门滴落。

丫头平日里虽顽皮，却从不会撒谎耍人，再见她这么一副急切的模样，萝卜谷主当即就已全然相信。

他只问了句具体方位，便唤来雄鹰去打探。

雄鹰来去飞快，不多时便将谷外情形打探清楚。

萝卜谷主听罢面色凝重，牵着丫头进了茅草屋。茅草屋看着简陋实则内有乾坤，只见萝卜谷主在自个儿书架上挪了本书，就听前方传来"哐当"一声响，书架登时分开，露出里边的密室。密室是石头砌成的，虽算不上宽敞，也不逼仄，摆了一张床还有足够大的活动空间，倒也足够让丫头躲进去避些时日。

关上密室之前，萝卜谷主又收拾了些丫头平日里爱吃的瓜果蜜饯，揉着她的脑袋，轻声叮嘱："你先在里边躲着，等外边安全了，我再接你出去。"顿了顿，他又突然想起什么似的，继续补充，"我给你备着的这些东西，省着点吃，若打开这间密室的不是咱谷里的妖，你就装作是被抓来的孩子。"

丫头心中登时冒出不好的预感，还未来得及说话，密室门又"哐"的一声合上。

密室中很暗，只有微弱的光透过石头与石头之间的缝隙投射进来。

丫头认命地从陶瓷罐子里掏出一颗蜜饯塞进嘴里，甜滋滋的味道霎时在嘴里蔓延开。

"妖谷不会有事的。"她轻声对自己说。

密室中分不清白天黑夜，无论何时都这般幽暗，丫头不知自己究竟躲了多少天。

这些日子丫头总能听到外边传来滔天的厮杀声，有时甚至连地面都在震动。陶瓷罐里的蜜饯已经被吃得见底，她想哭的时候终于没有甜甜的蜜饯借以慰藉，眼泪就这么悄悄流了出来，滴落在她小小的胳膊和腿上，微微泛着凉意。

"妖谷不会有事的，妖谷不会有事的……"她一边轻声啜泣，一边安慰自己，可越是安慰，眼泪流得就越多，最后，竟像断了线的珠子似的，哗啦啦流个不停。

密室的门就在这时候被打开。

彼时的妖谷正值深夜，烛光在茅草屋内跳跃，照亮一个又一个穿苍青色道袍的修士。

丫头的出现让那群修士有着短时间的沉寂，一瞬之后，便有个须发皆白的慈善老者走近问丫头："小姑娘别怕，妖怪都已经被打死了，你是从哪儿被抓来的？我们送你回去。"

她茫然地抬起了头，重复那话："妖怪都已经被打死了？"

老者抚须一笑："是的，都死了。"说完他眼神不经意地往茅屋内的某个角落一瞥，那里躺着一棵被截成两段、挖掉内丹的萝卜，萝卜旁边还躺了只浑身血肉模糊的雄鹰。

那一霎，仿佛有道惊雷在丫头脑袋里轰炸开，她几乎站不稳，一头栽进老者怀里，目光空洞，像是在喃喃自语："我的家已被毁了，我没有家。"

老者眼中的怜惜越发浓烈："既然如此，你可愿意随我们回太乙门？"

丫头空洞的眼神里渐渐浮起微光，很久很久以后，她不含任何感情的声音幽幽自夜空中响起："好呀。"

六、对于练剑这种东西，她是真没一点天赋，别人是一点就通，她都要被人点成筛子了，还依旧懵懵懂懂。

太乙门建在仙灵山上，需御剑飞行或驾仙鹤等妖兽灵器才能上去。

这是丫头十三年来头一次离开妖谷，换作从前，她定会兴奋到合不拢嘴，而今只觉是寻常之事。

与丫头共踏一剑的老者悄悄关注她的神色，见她并无丝毫情绪波动，当下只觉这姑娘小小年纪就能如此镇静，对这孩子越发满意。

仙灵山高万丈，光是御剑往山顶飞行就已花去半个时辰。等抵达山顶时，远方天际泛起鱼肚白，天已微微亮。

凡是修仙门派，收徒第一步便是检测灵根筋骨，丫头自然也不例外。

正所谓不测不知道，一测不得了，老者这才知道自己这次捡回了一个宝。

天生经脉全通的苗子要去哪里找!

老者激动到无法自已,这孩子简直生来就是为了修仙的啊!

丫头此时犹自懵懵懂懂,尚不知晓究竟发生了什么,见大伙都这般目光灼灼地盯着自己,一时间还以为自己半妖的身份暴露了,当下紧张到全身冒虚汗。

老者哪里知晓这丫头还藏着这么个惊天大秘密,即便天生经脉全通的天才更适合做灵修,他还是忍不住去询问丫头:"孩子,你将来愿意修灵还是修剑?"

丫头这种在妖精堆里长大的孩子又怎晓得修灵是干什么,修剑又是干什么,脑子里只突然浮现那把她从小孩手里抢过来的桃木剑,直至如今都还想着,可惜没能把那桃木剑还给小孩。

然后,她便不假思索地答:"修剑。"

丫头根骨算不上顶好,修剑反倒没修灵那般有优势,可既是她自己选的,老者也不多加干涉。

太乙门乃天下第一大门派,门中弟子数以万计,根据资质划分,从低到高来排列分别是杂役弟子、外门弟子、内门弟子、精英弟子以及亲传弟子。

这五类弟子中唯有亲传弟子才会配备高阶修士来做他们的师父，修仙界资源有限，毕竟高阶修士又不是随处可见的萝卜白菜，这般既稀少又金贵的自然得分给最有资质的。其他那些个弟子几乎都是捡亲传弟子吃剩的，足以体现修仙界里的残酷。

丫头的师父是个看上去才二十出头的高阶修士，生了张忠厚老实的好人脸，姓金，单名一个银字，倒是个金光闪闪又好记的名字。

丫头才挂到他门下，便被赐了个名字——千黎。

听倒是好听，只是这名字的由来着实随意，只因她恰好是这一届中的第一千名弟子，拜师的时候又恰逢黎明。

千黎的师父取名随意，炫耀起徒弟来可是一点也不随意。

天才亮透，他就带着千黎去仙灵山上各座山峰拜访他的师兄师姐，逢人便说自己收了个好徒儿，天生的经脉全通。

将自家徒儿一通乱夸后，他便靦着脸，明目张胆地找自家师兄师姐们搜刮见面礼，一边往千黎的乾坤袋里塞，一边压低了声音与千黎说："可别手软，这些都是你该得的，要知道当初他们收徒的时候，你师父送出去多少宝贝。"

千黎只觉哭笑不得，莫名觉得相由心生这种话怎么听，怎么不靠谱。

最后一座等着千黎与她家师父去拜访的峰名唤飞来，乃是太乙门第一剑修与他徒弟的地盘。

甫一进飞来峰，千黎便瞧见个身形高挑的少年。

少年面部轮廓阴柔，却有副高挺的眉骨和修直的鼻骨，俊美而不显脂粉气。

只看脸，他或许只是个相貌出众的美少年，可他那身气度，啧，真真是称得上玉树临风四个字。瞧他如今也就十五六岁的年纪，将来再长大些也不知会到何等地步。

一看到这小子，千黎的师父心中便觉酸溜溜的，一边与自家徒儿介绍，一边想着，自个儿徒儿可不能被这冷面小子给骗了去。

"这是你大师伯的徒儿，李南泠，以后你唤他李师兄便可。"

不知怎的，千黎总觉得这李师兄瞧着甚是眼熟，与他打招呼的时候竟脱口而出："你现在还用桃木剑吗？"

青丘九尾狐向来以美貌而闻名于世，千黎虽然只有一半的九尾狐血统，倒是百分百地继承了九尾狐一族的美貌，这样的美人胚子无论是谁，都会过目不忘。

起先李南泠还没能反应过来，之后再细细察看千黎的脸，李南泠便知晓了她的身份。沉默半晌，他才噙着一丝笑，柔声道："桃木剑只有凡间的道士才会用，修仙弟子用的皆是飞剑，师妹才入师门，不知其中干系也是情有可原。"而今的他温润如玉，待人彬彬有礼，千黎虽仍觉得他与当年那小孩像，却怎么都无法将这两人联系在一起。

　　失望自心头划过，她只得抿唇一笑："多谢师兄告知。"

　　千黎进师门第一天除却跟着师父到处搜刮礼物，还有一件事要做，那便是背诵门规。

　　除了一些烦琐的规章制度，千黎还在弟子手册里看到一项单独分类——禁地。

　　虽被单独拟成一项，禁地却只有一处，那便是若华峰后的小树林。

　　千黎别的都没记住，唯独这条记得格外清楚。

　　背完弟子手册的千黎次日就被抓去练剑。

　　练剑与别的不同，最是讲究基础功底，扎马步、劈树墩一个都不能少，即便是剑术有所成就的高阶修士都得时不时练练，更何况千黎这种才入门的小萝卜头。

门中虽给千黎分派了个师父，但在能够御剑飞行之前，她都得去飞来峰与各位师兄师姐一起扎马步、劈树墩。

别看剑仙飘逸又帅气，实际上修剑真心是个体力活，因此剑修中少有女子。即便是有少数人被蒙蔽了眼选择修剑，到飞来峰体验一番也都会灰溜溜地跑走。是以，千黎四处张望一番，几乎看不到几个女的，除了她，就只有一个看起来比寻常男子都要威武强壮的师姐在"哼哧哼哧"地劈树墩。

一天下来，千黎练得险些要散架，直直瘫在地上，像被抽掉了骨头。

那个威武强壮的师姐临走之前还不忘拍拍她的肩，称赞一声："看你小小个子，生得又柔弱，倒是有毅力。"

扶着树墩、才爬起一半的千黎被师姐这么一拍，整个人顿时又滑了下去，万分哀怨地看着师姐潇洒离去的背影。

也就是在这时候，一整天都未与千黎说过半句话的李南泠出现了，他伸出一只手在千黎眼前晃晃："飞来峰距雨禾峰近百里路，师妹可要我送你回去？"

"要的，要的。"千黎点头如捣蒜，感激涕零地握住李南泠的手。

她现在连爬起来的力气都没有，还得骑着仙鹤飞上近百里路，不一头栽下去摔死才怪。

她可不想出师未捷身先死。

当天晚上，千黎更是腰酸背痛手脚抽筋抽了一整个晚上，纵然如此，她仍是被自家师父冷酷无情地从床上拽起，将她丢上仙鹤打包送到飞来峰上继续扎马步、劈树墩。

这样一番折腾所导致的后果是，千黎饭量变得极其大，饿到极致的时候，白米饭都能干吃三四碗。所幸她如今正值抽条长个的时候，吃进去的饭倒没横着长肉，全用来长身高了，飞来峰上的师兄师姐们可谓是看着她一路"噌噌噌"地往上长。

打了大半年的基础，千黎终于从一个不那么娇滴滴的少女变作彻头彻尾的女壮士，她终于也能开始握剑了。

正如李南泠所说，他们这些亲传弟子所用的都是飞剑，顾名思义，飞剑就是可踩在脚下飞来飞去的剑，实际上飞剑的作用并不如名字这般简单粗暴，除却代步飞行，打架斗殴、斩妖除魔时用的也都是这一把剑。剑修不似灵修能够拥有无数法宝，终其一生都只修一把剑。如此专情，既有弊也有利，打架斗殴时剑修往往都比灵修来得凶残，战斗力与持久性也更胜一筹，这便是其中之利；弊端则是，到了一定的时期，剑修就会与自己的剑产生共鸣，到了那种地步，剑就成为剑修身体的一部分，所以只要剑有损伤，剑修也会受到牵连，严重时，甚至可能发生剑断人亡的惨案。

千黎不知其中厉害，拿着一把并未开刃的飞剑沾沾自喜。

现在她手中这把剑不过是用来练手的，将来等她能御剑飞行的时候还得进剑冢挑选一把真正属于自己的剑。

千黎的师父金银可谓是白瞎了那张老实人的脸，简直懒到令人发指，随手丢给千黎一本剑谱，便打发她去飞来峰上找师兄师姐们指导切磋。

整个上午，千黎依旧在打基础，到了下午才开始翻着剑谱练剑。

不得不说，千黎真是打心底佩服那种看着剑谱就能练出一套剑法的人，至少她是做不到，于是，她期期艾艾求着各位师兄师姐练剑给自己看。

从某一方面来看，千黎也是白瞎了这么好的资质，对于练剑这种东西，她是真没一点天赋，别人是一点就通，她都要被人点成筛子了，还依旧懵懵懂懂。最终所有师兄师姐都放弃教她练剑，唯有李南泠依旧坚挺，她简直感激涕零，只差给李南泠供个牌位去拜拜。

七、别哭，别哭，你若是爱吃，我以后天天做。

"腰要直，指骨施力！"

眼见天就要黑了，千黎还是没能学会这套剑法。人家李师兄舞起来那叫一个潇洒，换她上简直就像举着飞剑跳大神，还是被鬼上身、毫无精气神一剑更比一剑软绵的那种。

温柔如李南泠都要忍不住黑脸了。

千黎期期艾艾，边舞剑边说自己肚子痛没力气。

纵使李南泠气得牙痒痒想揍人，却也只得让她停下来歇息。

千黎知道自己这样着实惹人嫌，从乾坤袋里掏出蜜饯和小点心，献宝似的双手捧给李南泠，李南泠象征性地吃了几口便不再继续。

几块糕点入腹，千黎顿时觉得肚子也没这么痛了，元气满满地起身准备练剑，忽而感觉一股暖流顺着小腹往某个无法言喻的部位流去。随后，千黎只觉屁股后面一片濡湿，隐隐还带着血腥味。

千黎身体变得僵直，伸手一摸……

惊天动地的惨叫声顿时响起，她低头看着自己掌心的血迹，又开始哗啦啦地掉眼泪："李师兄，我是不是得了绝症，要死了呀？流了好多血啊，该怎么办？"

李南泠神情尴尬，扫了千黎手掌一眼，又飞快移开目光，面上泛起可疑的潮红："咳，你这个大抵是初潮，葵水。"

千黎像是发现了新大陆似的盯着李南泠，目光之炙热，看得李南泠险些丢盔弃甲而逃，纠结老半天，他才终于憋出一句话："我带你去何师姐那儿。"

何师姐正是那个险些拍得千黎半身不遂的孔武有力的女壮士，千黎不晓得自己病了与何师姐有何关系，可李师兄既然这么说，她也只得跟着去。

何师姐十分豪迈，一句"来葵水啦"堪称狮吼功，顿时传遍整座莲落峰。千黎仍是一脸懵懂，倒是李南泠替千黎羞涩了一番，心想着，也亏得千黎彼时尚不知晓葵水为何物，否则不得羞到挖个地洞钻进去。

倒真是李南泠想多了，像千黎这种自小在妖精堆里长大的压根就没什么羞耻观，在何师姐那儿上完生理课后依旧该啥样是啥样。

翌日清晨，千黎早早便抵达飞来峰，丝毫没有来葵水的觉悟，蹲完马步又准备接着劈树墩。她尚未拿起飞剑，就被李南泠制止，一副欲言又止的模样："来葵水需静养，不宜多动。"

对此，千黎秉持怀疑的态度，托腮沉思良久，才道出两个字："是吗？"

李南泠简直崩溃，突然觉得，与其让何师姐给千黎上生理课，倒不如自己上。

于是，隔日千黎便收到一本仍散发着墨香的手札，第一页只书写了五个大字——来葵水须知！

换作那些寻常女子恐怕得把李南泠当登徒子、色狼来对待，也就千黎这个不寻常的拿着那本《来葵水须知》手札看得津津有味，还不忘趁机夸赞李南泠一番："李师兄，你真是知识渊博呀。"

李南泠心中五味杂陈，都不知该不该把这当作夸奖自己的话，只抿唇一笑："这些都是从医书上摘抄下来的。"

李南泠这么一说，千黎突然觉得心中颇有些不是滋味，咧开嘴朝李南泠甜甜一笑："李师兄，你真好。"

李南泠不甚在意地摇摇头："举手之劳而已。"

从这件事之后，千黎才算与李南泠真正熟络起来。

自从入了太乙门，千黎便做好了不与任何人深交的准备，唯有李南泠让她忍不住想要靠近，大抵只因他太像当年那孩子，有关妖谷的一切，她都想握住，不忍舍弃！

日子就这般平淡且充实地流淌着。

随着千黎剑术的飞快进步，她练基本功的时间从一整个上午缩减成每日一个半时辰，大大减少了她的体力消耗，饭量因此也下来了，不再似从前饿死鬼投胎的模样。

她也渐渐挑剔起来，不饿到前胸贴后背压根吃不下饭堂里的菜，不足十日就已掉了整整十斤肉。

日日与她结伴而行的李南泠终于看不下去，在千黎又一次唉声叹气地倒掉吃剩的饭菜时，神秘地朝她勾了勾手："来，师兄带你去个好地方。"

李南泠所谓的好地方正是杂役弟子所处的若华峰。

千黎清楚地记得，这里可是有个禁地。

若华峰乃仙灵山最低峰，正因它地势低，才适合各类飞禽走兽生存，因此那些吃不惯门派伙食的杂役弟子和外门弟子常常会跑来打野味。

千黎好奇极了，边走边问："师兄师兄，这里是不是有个叫小树林的禁地呀？我们在这里打野味，会不会一不留神就闯入了禁地？"

李南泠摇头："小树林位于若华峰极东之地，与我们所在之地隔了四五十里，误入的可能性微乎其微。"

"哦——"千黎若有所思地点点头，敛去眼睛里一闪而逝的情绪，兴致勃勃地替李南泠削竹签串腌好的飞禽肉。

可别看李南泠生了副翩翩贵公子的皮囊，烹饪倒是一把好手。

飞禽肉切成薄薄的片，撒盐拌酱腌好，上火烤前刷上一层油放在炭火上慢慢炙烤，不多时便脂香四溢。待肉烤至七成熟，便开始撒碾碎了的香辛料，略一翻转，便能吃了。

千黎也顾不上烫，捏着竹签直往嘴里塞肉。

肉烤得刚刚好，鲜嫩多汁，满口都是馥郁的肉香味。

千黎赞不绝口，边吃边夸赞："好吃，好吃，简直好吃到迎风流泪！"

瞧着千黎的馋样，李南泠不自觉地笑出了声，拂去粘在她嘴角的一点青翠葱花，柔声道："慢些吃，别急，我这儿还有些果酒，醉不了人，恰好给你当水喝，下烤肉。"

自从吃了那顿烤肉，千黎哪儿还能瞧上饭堂里的菜，得了空便央求着李南泠带她去若华峰上打野味。

亲传弟子整日跑去若华峰打野味成何体统，李南泠自然不肯再带她去，又瞧她馋得紧，索性在飞来峰上搭了个灶台，以果木作柴火，做饭给千黎吃。

千黎心心念念要去打野味，只想着李南泠抠门，只带着她去了一次，哪猜得到人家李南泠早就搭好了灶台，只等她来蹭饭。

那日千黎练完剑，刚要往饭堂走，就被李南泠叫住，他神神秘秘地对她说："带你去个地方。"

千黎眼睛一亮，登时就来了劲，忙追着问："什么地方呀？什么地方呀？"

李南泠卖着关子："来了自然就会知道。"

千黎一路跟随在李南泠身后走，绕过一方池塘，穿过一片梅林，终于抵达那个神秘的地方。

竟是个露天的灶台！

千黎眼睛立马又变得亮晶晶的，万分期待地望着李南泠："这是你搭的灶吗？"

李南泠笑着颔首："是呀，特意替你搭的。"语罢，又带千黎绕到梅林后的一张石桌旁，桌上摆着三菜一汤，虽都是一些再普通不过的家常菜，却又有不一样的地方，看得出做菜的人花了不少心思。

千黎忽然眼眶一热，接过李南泠递来的竹筷，夹起一筷冬笋塞嘴里，边擦着眼泪，边点头称赞："好吃，好吃，真好吃。"

李南泠瞧她这副模样，既感到心疼又觉好笑："一顿饭而已，怎就哭成了这样？"

千黎咬着筷子摇摇头："你不懂，这不仅仅是一顿饭的原因。"语罢，她眼泪流得越发汹涌，甚至连声音都有些哽咽，"你为什么要对我这么好……"

李南泠直叹气，连忙掏出手绢给她擦拭眼泪，边轻轻拍打着她的背，边轻声说："别哭，别哭，你若是爱吃，我以后天天做。"

千黎早就哭得说不出话来，又是点头又是摇头，李南泠哭笑不得，都不知道她究竟想要说什么。

千黎虽然顿顿都能吃到李南泠做的菜，但还是对若华峰上那顿野味念念不忘，得了空便又去缠着李南泠："李师兄，好师兄，咱们就再去一次若华峰嘛——"

李南泠第一受不了她哭，第二受不了她撒娇，只要遇上其中之一，他便会立马缴械投降，禁不住千黎撒娇的他只得道："你若能在两月后的年底考核中拔得头筹，我就再奖励你一顿。"

千黎眉开眼笑，一双眼睛弯成月牙儿的形状："好好好，我再吃饱点就去练剑。"

李南泠眼神宠溺地揉着她的头发："真是个吃货。"

有了李南泠这个承诺，千黎练剑越发卖力。每当看到千黎右手虎口处因握剑太久而被磨破皮，李南泠便觉无奈，好说歹说劝阻她："凡事都得慢慢来，一口吃不成胖子，练剑这种事亦如此。"

每次听李南泠说，千黎都一副虚心受教的模样，转过头还是该怎么样就怎么样。

李南泠也是拿她没辙，只得由着她去。

八、真是个傻姑娘，既是发钗，自然就得戴，更何况你一个小姑娘家，整日弄得这么素净，不知道的还以为你看破红尘，想要修佛呢。

时光飞快流逝，很快便迎来了门派里的年度考核，顾名思义，就是考察你在这一年里都学到了哪些东西。

剑修不似灵修那般有许多的东西要考验，拼的是实战能力，只需抽签上去与人对战即可。

千黎虽是今年入门最晚的一个，抵不过她资质好又勤奋，几乎是不费吹灰之力就拔得头筹。

她在比武台上拼命挥舞着手，眼睛直勾勾地盯着台下浅笑的李南泠，意思是，他可得兑现承诺，带她去若华峰打野味。

李南泠果然说到做到。

当日下午便带着千黎御剑去了若华峰，这次他刻意多打了几只肉质鲜嫩的飞禽，一只只处理好，该腌制的腌制，该熬汤的熬汤，甚至还采来一些野果野菜配在一起做给千黎吃。

千黎吃饱喝足之余，和李南泠聊起了八卦，首先提出的问题便是："小树林为何是禁地？"

这个问题对整个太乙门来说，都不算是秘密，虽不至于传播到尽人皆知的地步，却也几乎有近一半的人知道。

小树林之所以被当作禁地，正因为那里关押了一位心术不正、整日研究邪门歪道的大能。

具体的情况，李南泠也不知晓。

千黎听罢越发好奇，抱着李南泠的胳膊撒着娇："李师兄，你带我去小树林外转转可好？"

李南泠不知千黎脑袋里又在想什么，想着那座关押大能的密室在小树林深处，他们只在外围转转，出不了什么事，便随口应了下来。

虽小树林也位于若华峰，可它离此处却有近五十里路，非得御剑才能抵达。

千黎不似来的时候那般闹腾，一路上都十分安静，反倒让李南泠感到十分不适应。

千黎说去看一看，倒真的只是看一看而已，除却记路，她什么也没干，在小树林外溜达完就这么被李南泠送回了雨禾峰。

雨禾峰上，她家师父依旧窝在躺椅上睡懒觉，瞧她来了只微微抬起眼皮，道了句："就要过年啦。"

千黎的整个童年都是在妖谷里度过的，那里不兴过年，千黎也不知，过年于普通人而言有着怎样的寓意。

瞧自家徒儿没有一点反应，金银的心顿时变得拔凉拔凉的，却还是自兜里抽出个绸布缝制的红包递给千黎："喏，提前给你压岁钱，记得除夕夜压在枕头下睡。"

除却千黎这种无家可归的，绝大多数太乙门的弟子都得回家过年，就连她家师父与李南泠也不例外。

千黎一觉醒来恍然发觉偌大的太乙门竟只剩下她一人，她心里涌出说不出的失落。

千黎在雨禾峰实在闲得无聊了就逗仙鹤玩，逗着逗着，脑子里突然划过一个念头。

仙鹤之所以只能在固定的山峰之间来回飞，会不会是因为它们只识得那几条路？

这个念头甫一冒出来，她便迫不及待想要去实验探测一番。

为此，她还刻意把雨禾峰上养的那只仙鹤给饿了顿，然后用竹竿吊了颗仙鹤爱吃的灵果，一路诱拐着它往若华峰的方向飞，最后停靠在小树林外。

安置好仙鹤的她头也不回地扎进小树林，走了近一个多时辰，才在小树林深处瞧见个看似十分严密的阵法。

她是剑修，不似灵修那般学过布置阵法，不知有哪些讲究，她将手拢做喇叭状，肆无忌惮地朝里面吼叫："里面有人吗？里面有人吗？里面有人吗？"

也不知该说是她运气好还是命中自有此安排，她就这么随口一喊，阵法里还真有人应答："哪儿来的小丫头在这儿乱吼？"

不曾料到进展会如此顺利的千黎登时就笑出了声，开门见山地道："听说你专门研究歪门邪道，因此堕落成魔。"

　　那人兴许是被关得太久，感到寂寞了，竟真与千黎聊了起来："莫非你这小姑娘是与我来探讨经验的？"

　　千黎下意识地摇头，又想起那人被关在阵法里，看不到自己，又把手围成喇叭状，吼道："并不是，我不过是来祝你新年快乐的。"

　　那人甚至都未能反应过来，千黎便转身离去。

　　回到雨禾峰的千黎直接进了自家师父的藏书阁，找了整整一天才翻出一本记载太乙门近二十年来大小事件的册子。

　　才翻到一半，千黎便看到她想要知道的东西。

　　原来那个阵法里关着的人名唤林霜成，他曾是飞来峰弟子，被誉为修仙界第一天才，却因心术不正，偷偷研练邪术，而被终身囚禁在小树林。

　　他所研练的邪术不过是囚禁了只怀了人类骨肉的九尾狐，且日日凌辱，令其痛不欲生，后来那九尾狐找到机会逃了出去，他的事迹才被暴露。

　　人与妖结合，一般情况下都无法孕育出下一代。可世事无绝对，倘若女方是妖，怀上人类孩子的概率倒也不是没有，只不过自怀上人类骨肉后，母体本身的修为就会一点一点被肚里的孩子所吞噬，直至那个孩子出世，母体才会彻底死去。

看到这里，千黎禁不住浑身发颤，又回过头去看了眼那件事发生的时间——恰是十三年前。

世上哪有这么巧的事，千黎心神不宁地收好册子，又开始搜集记载了半妖的书籍，这才发现，凡是与半妖有关的多是些历史性的大事件。

几乎每一个现世的半妖都乃人为制造，凌辱虐待母体，使其愤怒，所产生的怨恨直接化作孕育半妖的养料，吸食怨念降生的半妖早年几乎没有任何异常之处。那些半妖多半是在成年后觉醒，随后开始性情大变，变得冷血弑杀，堪称人间杀器……

千黎心情久久不能平复，颤抖着收起这些书籍。

当日晚上，千黎一个人在床上翻滚了大半夜都未能入眠。

翌日清晨，天刚亮，她便又故技重施，重新诱拐了只仙鹤直飞入小树林。

她站在禁地前，开门见山地大声询问："林前辈，我想知道您为何要创造半妖？"

林霜成的声音懒洋洋地飘来："我做什么，与你有何干系？"

早就料到林霜成不会轻易配合自己的千黎，弯了弯嘴角，直言道："因为我是半妖。"

千黎一语激起千层浪，林霜成一直保持沉默，久久不语。

千黎又趁机添了把火："忘了说，我今年刚好满十三，过了年就十四岁了。"

林霜成仍是沉默，沉寂很久很久以后，方才说："我创半妖只为毁灭太乙门。"

千黎嘴角弧度弯得越发大："真巧，我亦是为此事而来。"

千黎一语罢，犹如在晴空落下一串霹雳。

又是短暂的沉默，林霜成忽而开始狂笑："天助我也，真乃天助我也！"

千黎什么也没说，就这般静静地立在阵法前，直至林霜成再也笑不出声，她方才继续问："你可是我父亲？"

林霜成像是被呛到，阵法里传来一阵剧烈的咳嗽，许久才恢复平静，只是他的声音听上去仍有些不淡定："你这小姑娘究竟在想什么？我怎么可能是你父亲？！"

"哦。"千黎很是冷淡地应了声，眼睫微微下垂，"不是便好。"

林霜成只觉这话怎么听怎么不是滋味，却又道不出个所以然来。然后，千黎又开始问："我母亲是只九尾狐可对，她美不美？"

林霜成的声音无端地变得沉寂："你母亲大抵是我这辈子见过的最美的女子。"

还以为千黎这回该有些什么反应，岂知，她又十分冷淡地发出个单音节："哦。"说完竟转身就走。

林霜成听到阵法外传来的轻微脚步声，连忙喊住千黎，一副不敢置信的模样："你就走？"

"不然呢？"千黎的声音听起来毫无情绪波动，"难道还留在这里过年？"

林霜成一时间被千黎噎得说不出话来，思索半晌，他才闷闷道"至少你也该问问，如何才能加速觉醒？"

千黎眉梢一挑："哦，那你说。"

这丫头的语气怎么听，都不像是要向人虚心请教，林霜成气结，只觉一口气堵在胸口，默了默，还是继续说道："想要加速觉醒，只有一个办法，那便是不停地杀，用万物生灵的死气来唤醒你身上的凶煞之气。"

千黎找到关键词："万物生灵的死气？也就是说，不论杀什么都行？那妖兽也可以？"

林霜成应道："这是自然，不过，人为万物之灵，你杀千百头妖兽或许都抵不过一个人。其中修仙者更是能以一抵十，专挑这些人下手，方能让你事半功倍。"

林霜成的话，千黎显然没能听进去，此后，她每日都会来小树林，却未动这里的一草一木一禽一兽。林霜成也没多说什么，这丫头尚且年幼，体内煞气尚未被激发出来，多少还存着些善意，不愿杀戮倒也正常。

长达一个月的假期就在千黎与林霜成的闲余唠嗑中流逝，年后，弟子们陆续回到仙灵山，李南泠给千黎带回一份新年礼物。

是对精巧的云脚点翠钗。

钗与簪不同，双股，又是少年郎所赠，自有成双成对之意。

千黎不知其中所蕴含的意义，第一次收到如此精美的新年礼物只觉暖心，仅仅将那对钗握在手中，都不舍得戴，只说："我一定会好好保存起来。"

李南泠直笑着摇头："真是个傻姑娘，既是发钗，自然就得戴，更何况你一个小姑娘家，整日弄得这么素净，不知道的还以为你看破红尘，想要修佛呢。"语罢，他以手做梳，动作温柔，不甚熟练地替千黎绾了个简单的髻，再将那对钗插上去。

平日里只在头顶团个发髻的小姑娘顿时多了几分少女该有的娇俏，李南泠低头怔怔望着千黎的脸，一时被美色遮蔽了眼，竟不受控制地在千黎额上印下一吻。

千黎恍若突然自梦中惊醒，一张俏脸红得几乎可以滴出血来，望着李南泠结结巴巴说不出话来，落荒而逃。

只余李南泠一人犹自站在原地懊恼："真是失策。"

九、直至如今，李南泠方才明白，从头至尾，不过一场局。

即使骑着仙鹤一路逃回了雨禾峰，千黎仍觉一颗心"怦怦"跳得厉害。

她惴惴不安地捂着自己胸口，连插在发髻上的那对钗都像是在发热发烫，炙烤着她的头皮。

这样下去定然不行，她须看清自己的心，认清自己此行的目的。

"有些东西纵然再舍不得也都得舍弃。"她眼中一片清明，像是终于下定了决心，一把拔掉那两支钗，泼墨一般的发霎时倾泻，铺满她的肩。

自那以后，千黎便再未去过飞来峰。

金银察觉到自家徒儿的异常，笑着打趣："你今日怎不去飞来峰了？怎么？莫不是与那姓李的小子拌嘴了？"

千黎勉强一笑，只道："徒儿以前去飞来峰不过是为了学剑，而今徒儿剑法有所小成，自然就不必再去。"稍作停顿，她又弯唇一笑，找准时机对自家师父拍马屁，"更何况师父您这般厉害，徒儿又何须去别人那里学剑。"

正所谓千穿万穿马屁不穿，千黎这通马屁拍得金银舒坦极了，他很是受用地眯起了眼，笑盈盈地道："那是自然，唔，要不这样，你先与为师耍一套剑法，若是练得好，为师明日便教你御剑飞行。"

千黎欢呼雀跃，一双眼睛弯成了月牙儿，是发自内心的笑："好好好，师父您可得说话算话呀！"

金银本就对自己收的这个徒儿感到十分满意，而今再见到她舞剑，更是满意到不行，当即便应下了，明日就带她去后山学习御剑飞行。

此后千黎也独自去过一两次小树林，她终于明白自己当日为何能轻易与林霜成对上话，没别的，就是声音大。

那时太乙门里只余她一人，四周既安静，她声音又足够大，被困阵法里的林霜成自然能够听到她说话。

而今太乙门弟子都已陆续回来，千黎再去自然就不敢似当初那般大喊大叫，竟无论如何都唤不出林霜成。

而今再回想一番，她只觉自己当初还真是瞎猫撞上了死耗子。

一直以来千黎都有意躲着李南泠，既不上飞来峰，李南泠来雨禾峰找她，也都避而不见。她家师父只觉这些小年轻大多都有病，还一个个都病得不轻。

这些日子有高阶修士金银的悉心教导，千黎更是一日万里，不足三月就已经能颤颤巍巍地踩着飞剑在半空遛弯。

见千黎已然可以独自上路，大懒人金银竟悄悄跑路，找了块风水宝地埋头便睡。

千黎脚踏飞剑，正飞得酣畅淋漓，身后忽而传来个熟悉的声音："千黎，我们谈谈。"

简简单单六个字就已经吓得千黎忘了飞行口诀，身形一个不稳，脚下飞剑"哐当"一声落至地面，而她则一头栽入李南泠怀里。

近半年未见面，李南泠明显又拔高不少，面部轮廓也越发清晰，越显得他气息内敛，气度不凡。

千黎像触电一般移开目光，低头讷讷道了句谢："多谢李师兄。"又想通一切似的微微颔首，直问李南泠，"我们要去哪里谈？"

地点约在若华峰上，他们第一次打野味的地方。

两人都默不作声地处理着自己手中的食材，直至肉串上架去炙烤，馥郁的脂香悠悠弥漫，李南泠方才开口打破沉寂，他说："我们第一次见面是在妖谷，那年你六岁，抢了我父亲留下的桃木剑，我抢了整整一年都未能抢回……"

听到这里，千黎神色一暖，不自觉地笑出了声"我果然没记错，可你为什么不认我呢？"

李南泠不答反问："为何要认你呢？"

"你自幼在妖谷长大，将你接回的徐长老却说，你是他们从妖谷救回的凡人女子。"说到这里，他又温柔一笑，"不是徐长老说谎便是你有意隐瞒真相，而我更倾向后者，我虽不知你因何而入太乙门，却不想揭穿你。我最初接近你时，确实抱有私心，却不知不觉渐渐被你所吸引。"说到此处，他一声长叹，不再继续，"所以，我想知道，你是否也喜欢我？"

千黎看似沉静，实则心中早就掀起惊涛骇浪，她不知自己该如何去接李南泠的话，目光闪烁，有意避开他探究的目光："李……李师兄，我虽仰慕你，却一直把你当作哥哥来对待，我……我……"

话未说完，李南泠已然打断，他嘴角挂着讥讽的笑意："我懂了，此后定不再打扰。"

千黎强行憋回眼眶里打转的泪珠，竭力让自己笑得甜美："感谢师兄这些日子来对我的照料，也祝师兄能够早日寻到良人。"

李南泠沉默了许久，终于道出一个字："好。你也一样，早日寻到良人。"

千黎就这般与李南泠彻底断了联系。

时光总易把人抛，不知不觉间竟又过了一年。

年末放假的时候，千黎再度来到若华峰小树林的阵法旁，一年不见，林霜成倒是依旧记得她的声音，吊儿郎当地道了句："哟，小丫头又来了哈。"

千黎与他交谈从来都不讲废话，直奔主题地道："近段日子，我发现自己已有些异常，大抵是要觉醒的前兆。"

林霜成了然："而今你已满十四，年后便可及笄，再过一些时日，定然会觉醒。"说到此处，他又稍作停顿，沉吟一番方才继续，"绝不能被太乙门发现，你年后借着下山历练的名头离开太乙门，去东海之滨寻找一颗被我藏匿起来的魂珠，此物可加速你觉醒的速度。"

接下来林霜成又与千黎交代了一些事宜，直至太阳落山，千黎方才离开小树林。

太乙门弟子下山历练是最寻常不过的事，千黎提出此申请时，金银仍躺在雕花牙床上睡大觉，手一挥，就当应允千黎的请求。

除却李南泠，千黎本就与其他人没什么交集，倒是省了一番告别的时间，理好腰间的乾坤袋便可下山。

千黎身外之物本就不多，所谓收拾行李也不过是多带两身换洗的衣物。甫一打开自己的房门，千黎便发觉桌上多了个锦盒，打开一看，是支单股累丝嵌东珠簪。

她下意识地推开窗，往窗外看，只见窗外北风呼啸，蜡梅飘香，碎金一般的花儿被风吹落。

千黎没由来地又湿了眼眶，对着空无一人的窗外轻声道了句："谢谢。"

檐角风铃叮当，一道高挑人影踏着碧青琉璃瓦御剑飞往飞来峰。

五年后。

千黎再回太乙门，仿若完全变了个人。

这五年内有关她的传说时时刻刻都在往太乙门人耳中传。

太乙门鹤发童颜的掌教气得浑身发颤，居高临下地指着她，仿佛恨不得将其生吞活剥："孽障！你已被逐出太乙门，还回来作甚？！"

当今掌教正是当年带千黎回太乙门的徐长老。

有长风袭来，千黎漆黑的发如泼墨般在空中散开，与迎风飘扬的殷红裙裾交相辉映，她定定地望着掌教，妖娆一笑："自然是回来屠你太乙门满门，祭我妖谷烈士。"

五年前，她只身前往东海之滨取到林霜成以千万人做祭凝成的魂珠，千千万万条生魂入了她的腹，使她提前了整整五年彻底觉醒。

余下的五年时光，她不停征战，闯下禁地无数，释放数以万计被前人所封印的大妖魔。

而今她便领着那队妖魔，浩浩荡荡地杀入太乙门。

曾经的天下第一修仙大派一夜间覆灭，全太乙门上下只余李南泠一个活口。

临走的时候，跪在太乙门掌教尸首前的李南泠神色阴郁，语调冰冷，仿若寒冰碾玉："总有一日，你会后悔，今日留我性命。"

千黎毫无畏惧，笑颜越发妖异："那把桃木剑至今都埋在妖谷废墟里，你能拿什么来威胁我？"

太乙门被灭，下一件事便是去小树林破阵释放林霜成。

尚未有所行动，林霜成的声音便已徐徐传来："不必做无用功，我要等的那个人早已不在世，出或不出这个牢笼又有什么区别。更何况……我还亲手毁了她曾引以为傲的太乙门。"

太乙门一战使得千黎越发凶名远播，十年后，她占山为王，自封不败妖皇，作恶一方。

妖族因她而渐渐恢复元气，逐渐繁荣兴盛，走向巅峰。

六百年后，南海一线有仙人飞升，姓李，名南泠。

不败妖皇遭遇了她人生中第一场败仗。

听闻那一战打得极其惨烈，日月无光、天崩地裂，最终妖皇千黎被散仙李南泠斩于剑下，肉身尸首被斩做五块，分别被封印在五个不同方位的极阳之地。散仙李南泠耗尽一身修为加固妖皇千黎的最后一重封印，而后陨落。

妖皇千黎手下将领从未打消将其复活的念头，终于在公元
1994 年找到散仙李南泠转世，又于 2002 年将其带走。

转世后的李南泠十二岁那年，那伙余孽终于以聚魂灯聚齐妖
皇千黎残魂。同年，李南泠师父无缘无故带回个古里古怪的土豆
种入地里，继而消失，留下羊皮纸一卷，令李南泠陷入万劫不复
的境地……

往事如云烟飘散。

手握槐木剑的李南泠怔怔站在原地。

整座墓穴都因千黎的解封而开始逐步崩塌，不是裂成一块块
碎石，而是碎成灰尘一般大小的粉齑，在微风拂来的峡谷里飘忽
着散去。

千黎已然恢复所有妖力，举手投足之间有着无上威严。

世间所有的声音仿佛都在这一刹之间消停，远方天际飞来无
数黑点，渐渐拉近，李南泠方才发觉，那些皆是重重人影，人影
中有他当年突然消失不见的师父，有刻意为难他、将他赶出师门
的师弟，甚至……还有引他加入 Z 组织的神秘人……

直至如今，李南泠方才明白，从头至尾，不过一场局。

他唇角微掀，要说的话尚未溢出唇齿，远方黑影便已逼近，粗略统计竟有近千人，浩浩荡荡地停落在峡谷腹地里，面露虔诚地朝千黎伏跪行礼，口中高唱："妖皇永垂不朽，功德无量！"

而千黎则全程面无表情地接受众人的朝拜。

少顷，像是终于有人发现李南泠的存在，其中一名伏跪在最前排、长得妖里妖气的男性表示疑惑："敢问妖皇该如何处置此人？"

千黎眉峰微挑，似不经意地说："你怕是老糊涂了？我为什么要处置他？"

那妖男一时间捉摸不透千黎的心意，其他妖魔更是一脸懵逼，当初说好的解开封印就弄死李南泠，现在怎么说反悔就反悔了！

千黎心中自然有一番计较。

在她看来，从前的李南泠便是从前的李南泠，即便他转世了，也与从前的事无任何关系。他既没了从前的记忆，还与自己朝夕相伴，解开一重又一重的封印，既有功劳又有苦劳，更遑他厨艺还这么好，自然得好好留在身边了。

千黎算盘打得响亮，全然不曾料到，人家散仙李南泠是何等的机智，自然不会天真地以为自己的封印可以永生永世地将千黎封印在这里，于是便有了现今转世的李南泠。

除了千黎这个与李南泠暧昧纠缠不清的妖皇，几乎没有人愿意再留下后患，那小子再怎么说都是那散仙的转世，万一他哪天突然就开窍了，或者又得到了个什么契机，恢复记忆了，还不得把他们给一锅端！

妖怪们正满心忧虑地思考着，岂知下一刻，原本晴空万里的天际于一瞬之间变得如浓墨一般漆黑。无数道携着滔天威势的明紫色天雷于苍穹之顶密布交织，不过须臾便汇聚成一张密不透风的巨网，并且不断往下降落。而他们一直对其所争议，却又被忽视的李南泠则手握斩空剑直指苍穹！

"轰——轰——轰——轰——"

"轰！轰！轰！轰！轰！"

一连九道惊天巨响，狂风四起，携带着毁天灭地之势的电网就这般笼盖而下！

大地一片死寂……

——轮回卷完——

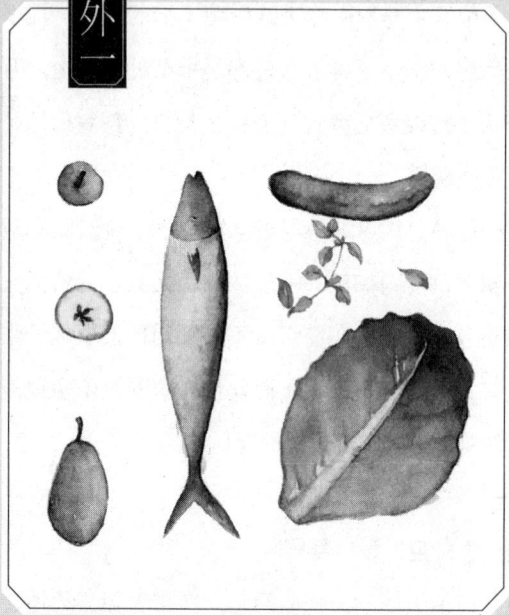

番外一

李南泠第一次做饭是在他十九岁那年。

彼时的千黎刚破除第二重封印，从一颗体态圆润、犹自带着泥土芬芳的土豆化作宇宙无敌青春少女，她盯着李南泠看了半晌，只说出一个字："饿。"

李南泠仿佛依旧未能接受土豆已然化作少女的事实，仍站在原地呈呆若木鸡状。

那土豆化成的少女千黎顿时就暴躁了，两手叉腰呈圆规状，轮廓线条完美的下颌那么一昂，怒吼道："听不懂人话吗？本座说饿了！"

这一声吼犹如魔音灌耳，李南泠揉了揉险些被音波撕裂耳膜的耳朵，不禁感叹道："都变成人形了，怎么还这么暴躁？"

千黎鼻孔朝天一声冷哼："你管我。"

这时的她恰好逆着光，从李南泠的角度望过去，看不清她面上的表情，只能依稀看到个模糊的轮廓，她脑袋上一圈毛茸茸的头发在阳光的照耀下显得手感棒极了。

李南泠目不转睛地盯着，心想，要是能揉一揉就好了。

想是这么想，他却没机会去即刻实施，只得暂且打消这个念头，于是李南泠温柔一笑："不管，不管，那你给说说，你想吃什么？"

千黎略一思考，立马就报出大串菜名："红烧排骨、清蒸鲈鱼、千层顺风耳、醉鱼干、芥末薄肉片、小炒肉、干野菌烧肉、冬笋腊肉……啊，这些都想吃。"

荒郊野岭的哪儿能弄来这么多吃的，又不是在繁华的都市里。

李南泠微微颔首，却是直接忽略千黎报出来的那一大串菜名："唔，我去看看能不能网到一两条鱼，抑或是捉到一两只兔子。"

听到李南泠这么说，千黎虽略有些失落，眼睛却仍旧亮晶晶的："我也去，我也去，我最会打猎了，捉鱼捕鸟不在话下。"

半个小时后……

李南泠似笑非笑地望向千黎："你的鸟和你的鱼呢？"

千黎潇洒不羁地一撩自己乱蓬蓬的额发，哼哼唧唧地道："别提，都跑了。"说着，捧上一把看着酸不拉几的野果子以及几朵一看就能毒死人的蘑菇，"不过我可没闲着，喏，你看，这些都是我摘的。"

说着还瞥了眼李南泠放置在地上的一尾鲜鱼，酸溜溜地说："你这鱼脑袋这么大，一看就很蠢，否则又岂会这么轻易被捉到，哼哼。"

李南泠强行憋住笑意，挪了挪身体，露出另外一条鱼："那这条呢？"

千黎嘴角一撇，瓮声瓮气地说："都瘦成这样了，还指望它能游多快！而且脑袋这么小，一看就知道压根没多大脑容量，肯定聪明不到哪儿去。"

"唔，这样啊。"李南泠还是一副努力憋笑的表情，"那我们接下来就把这两条笨鱼给吃了吧。"

李南泠从未下过厨。

没吃过猪肉，也见过猪跑，一些常识性的东西又岂会不知道，无非是把鱼去鳞，挖去内脏，再抹盐腌制，入锅煮抑或是下油锅炸。

此时此刻他俩身在野外，既无柴米油盐酱醋茶也无锅碗瓢盆。

　　常言道，巧妇难为无米之炊，更何况李南泠还是个从没下过厨的生手。

　　李南泠索性生了一堆火，将斩空剑架在火堆上炙烤，再把削成细长薄片的鱼肉铺在斩空的剑刃上，利用高温将鱼肉烤熟。

　　一顿生烤鱼肉吃得没滋没味的，千黎嘴巴都要翘上天去了。

　　此时此刻的千黎看上去就像只耷拉着耳朵的小狐狸，李南泠心头一动，蓄谋已久的禄山之爪赫然搭上她的头顶，放纵自己的天性揉了揉，耐着性子安慰："户外没有任何食材，只能这样吃了。"

　　彼时的他还是第一次揉千黎脑袋，少女的头又软又绒，拂在手心微微有些痒，李南泠根本就舍不得撒手。

　　千黎还是不开心，李南泠继续揉着她毛茸茸的头发："等咱俩出去，无论你想吃什么，我都带你去吃。"

　　千黎傲娇一摇头："不要，外面的东西又不干净，我要你做给我吃。"

　　李南泠长这么大连锅都没碰过，千黎这还真是难为人了。

　　虽如此，他也不抗拒，眯着眼遐想一番，下厨做饭什么的，应该也挺有意思的，于是点头应允："好，我到时候试着学学。"

千黎目的达到，终于不再那么傲娇，却也忍受不了李南泠的爪子始终搭在自己头上，颇有些嫌弃地将李南泠的爪子一把拍开："爪子拿开些，别动手动脚的。"

李南泠头一次尝到摸头杀的乐趣，岂会就此轻易放弃，被千黎拍开了手也不恼，反倒笑吟吟地望向千黎，眸色一点点沉下去："作为交换，你每天得让我揉揉脑袋。"

千黎才不干，怒目而视："凭什么呀？！"

李南泠眨眨眼，笑得一脸高深莫测："就凭你想要把我培养成一代大厨呀。"

千黎妥协，低垂着脑袋，越发像只耷拉着耳朵的小狐狸："好吧，那你可得记住了，每天最多只得揉三次，超过这个次数，我可要揍人的！"

"没问题，成交。"李南泠的爪子又悄无声息地搭在了千黎脑袋上，"今天还剩两次。"

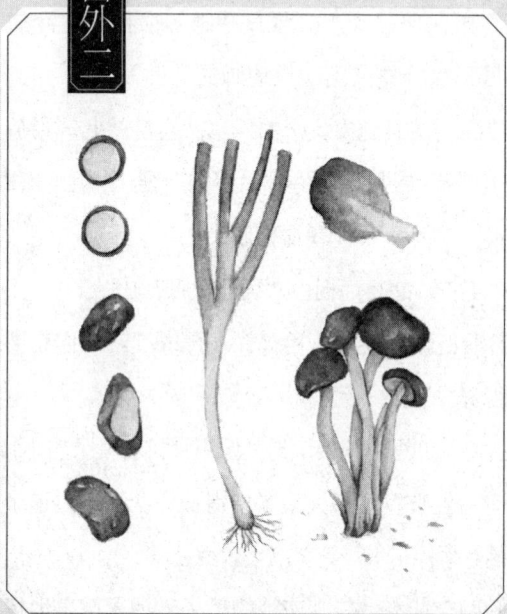

番外二

热恋四十八问

1. 请问您的名字？

李南泠：作者菌懒，两世都是同一个名字，李南泠。

千黎：千黎。

2. 年龄是？

李南泠：前世……六百来岁，这一世二十四岁。

千黎：1500＋（黑人问号脸）那个敲字的，你给我说清楚，你这做的什么鬼设定，我怎么就这么老？！

作者菌：（羞涩掩面）妈呀，才意识到自己写了个祖孙恋，（严肃脸）然而不要在意这些细节，真爱面前啥都不是问题！

3. 性别是?

李南泠：男。

千黎：（傲娇脸）能跟他结婚、跟他生孩子的那种性别。

作者菌：（一脸懵逼）Excuse me? 这种问题都能拿来秀恩爱?

4. 请问您的性格是怎样的?

李南泠：温和。

千黎：大概比较暴躁吧。

5. 对方的性格?

李南泠：（一脸宠溺）看似天不怕地不怕，实则是个小哭包，有事没事总爱掉眼泪，偶尔有些傲娇、有些任性……简直完美又可爱！

千黎：闷骚、贤良淑德又啰唆，没事就喜欢调戏我。

李南泠：（强行将千黎拽入怀里，轻贴脸颊）你说的调戏是这种吗？

作者菌：简直没法看……我们可是很严肃的，快点坐好，继续回答问题！

6. 两个人是什么时候相遇的？在哪里？

李南泠：这得看是哪一世了，前世她六岁，我八岁，在妖谷灌木林；这一世，我十二岁，她……一千五百岁以上，在菜园子里。

千黎：该说的他都说完了。

7. 对对方的第一印象？

李南泠：前世这丫头一出场就抢走了我父亲留下的桃木剑，除了霸道和顽劣，再也想不出其他的。这一世，第一次见面时，她……还是颗土豆，第一印象大抵是，这颗土豆脾气不小吧……

千黎：身娇、体软、易推倒。

作者菌：咳咳，千黎这个第一印象真是令人浮想联翩啊。

8. 喜欢对方哪一点呢？

李南泠：喜欢她的所有。

千黎：会做菜，有耐心。

9. 讨厌对方哪一点?

李南泠：从未想到她有什么地方能够让我讨厌。

千黎：没有，厨艺好这个优点足以盖过所有缺点。

作者菌：（严肃脸）所以，你们真的是来秀恩爱的吧，啊哈?

10. 您觉得自己对对方好吗?

李南泠：会忍不住对她好，对她无限包容。

千黎：第一眼看到他，就抢了他东西，你说呢?

11. 您怎么称呼对方?

李南泠：小千黎。

千黎：（冷漠脸）李南泠。

12. 您希望对方怎样称呼自己?

李南泠：亲爱的、心肝宝贝、老公……只要她喜欢，怎么都可以。

千黎：（高冷莫名）妖皇大人。

13. 如果以动物来做比喻，您觉得对方是?

李南泠：毛茸茸的小狐狸。

千黎：根本想象不到好嘛。

14. 如果要送礼物给对方，您会送？

李南泠：精致又美味的食物。

千黎：我，没有什么比我更珍贵。

15. 那么您自己想要什么礼物呢？

李南泠：把她自己送给我。

千黎：吃的，好多好多吃的。

作者菌：结合上个答案，单身汪仿佛受到了巨大的伤害。

16. 对对方有哪里不满吗？一般是什么事情？

李南泠：从未有过。

千黎：有事没事调戏我，比如突然摸头、刮下鼻梁，简直不要太油腻，我可是高贵冷艳的妖皇陛下！

17. 您的毛病是？

李南泠：暂时想不到。

千黎：（冷笑）我会有毛病？

18. **对方的毛病是?**

李南泠：没有，一切都很完美。

千黎：重要的事强调三遍，改掉有事没事爱揉我头发的臭毛病！改掉有事没事爱揉我头发的臭毛病！改掉有事没事爱揉我头发的臭毛病！

作者菌：（一脸严肃）小千黎，你确定你真不是来秀恩爱的？

19. **对方做什么样的事情会让您不快?**

李南泠：无论她做什么，我都能接受。

千黎：煮饭太稀，炒菜放少了盐，熬白米粥不放糖……

20. **您做的什么事情会让对方不快?**

李南泠：不按时做饭，乱揉她头发。

千黎：灭了他师门。

21. **你们的关系到何种程度了?**

李南泠：你觉得呢？

千黎：（沉思良久）我怎么知道？赶紧问，问完他还得给我做饭吃。

作者菌：咳咳，这似乎是个很深奥的问题。

22. 两个人初次约会是在哪里？

李南泠：前世，若华峰上打野味；这一世，从未分离，每天都在约会。

千黎：他说什么就是什么咯。

23. 那时候两人之间的气氛怎样？

李南泠：她一直在吃，我一直在烤肉，气氛无比和谐。

千黎：吃都吃不过来，哪儿还有时间去体会？

24. 那时进展到何种程度？

李南泠：刚认识不久。

千黎：（看李南泠一眼）算不上很熟。

作者菌：不熟你还乱吃人家东西！

25. 经常去的约会地点？

李南泠：若华峰。

千黎：　（嫌弃脸）我怎么不知道，我们那时候是在约会？

26. 您会为对方的生日做什么样的准备？

李南泠：八菜一汤堆在她面前。

千黎：不介意把自己洗干净躺他床上。

李南泠：　（微笑）我也不介意。

27. 是由哪一方先告白的？

李南泠：我，最后却被狠狠拒绝。

千黎：　（摊手）毕竟我那时候是个要复仇的人。

28. 您有多喜欢对方？

李南泠：甘愿为她做任何事。

千黎：为他放弃复兴妖族。

29. 那么，您爱对方吗？

李南泠：当然。

千黎：我不知道自己对他的感情算不算得上是爱，可我知道，他爱我，这便够了。

30. 对方说什么会让您觉得没辙?

李南泠：永远不会有这种时候。

千黎：我得认真思考思考。

31. 如果觉得对方有变心的嫌疑，您会怎么做?

李南泠：用美食让她回心转意。

千黎：杀了他，再去勾引他下一世。

32. 可以原谅对方变心吗?

李南泠：我知道她不会。

千黎：（冷漠）哦，那我马上变一个给你看。

33. 如果约会时对方迟到一小时以上怎么办?

李南泠：等，哪怕是一辈子，我都等。

千黎：他要是敢迟到? 哼哼……

34. 对方性感的表情?

李南泠：所有。

千黎：认真做饭的时候。

李南泠：（似笑非笑地靠近）那你今晚想吃什么？

35. 两个人在一起的时候，最让您觉得心跳加速的时候？

李南泠：我觉得自己似乎永远都很淡定。

千黎：他赠我定情信物，轻吻我额头时。

36. 做什么事情的时候觉得最幸福？

李南泠：只要她在身边，怎样都是幸福的。

千黎：他为我翻菜谱，钻研各国美食时。

37. 曾经吵过架吗？

李南泠：从未吵过。

千黎：谁说的，我觉得自己像是天天都在和你吵架！

38. 都是因为什么吵架呢？

李南泠：这个问题不成立。

千黎：调戏未遂，又换种方式！

39. 之后如何和好？

李南泠：这个问题依旧不成立。

千黎：他给我做好吃的。

40. 转世后还希望做恋人吗？

李南泠：我愿生生世世与她相守。

千黎：放心，他每一世都逃不出我手掌心。

41. 什么时候会觉得自己被爱着？

李南泠：她因我而哭的时候。

千黎：每一顿饭都能吃到他对我的爱意。

42. 您的爱情表现方式是？

李南泠：给她做饭吃。

千黎：认认真真吃他做的每一顿饭。

43. 什么时候会让您觉得"对方已经不爱我了"？

李南泠：她不找我要吃的。

千黎：他不给我做饭吃。

作者菌：（一脸黑线）明明写的是玄幻冒险，为毛这个访谈总让我生出一种自己在写美食文的错觉！！！

44. 您觉得与对方相配的花是?

李南泠：罂粟，令人着迷上瘾，而又戒不掉。

千黎：莲花，圣洁禁欲。

45. 两人之间有互相隐瞒的事情吗?

李南泠：没有，该知道的她都知道。

千黎：前世利用他复仇，这一世，利用他替我解开封印。

46. 您的自卑感来自于?

李南泠：比她小一千四百多岁算不算?

千黎：我堂堂妖皇还会自卑?

47. 两人的关系是公开还是秘密的?

李南泠：不必公开，看到的自然都会知道。

千黎：长眼睛的都能看出我们是什么关系。

48. 您觉得与对方的爱是否能维持永久?

李南泠: 她在即永恒。

千黎: 我都活了一千五百多岁了, 我俩的关系还这样, 你说呢?

小花阅读微信
扫一扫免费阅读作者
其他作品／最新消息

图书在版编目（CIP）数据

三千蔬菜入梦来 / 九歌著. -- 贵阳：贵州人民出版
社，2017.4（2020.1重印）

ISBN 978-7-221-14015-9

Ⅰ.①三… Ⅱ.①九 Ⅲ.①长篇小说－中国－当代
Ⅳ.①I247.5

中国版本图书馆CIP数据核字(2017)第047728号

三千蔬菜入梦来

九歌　著

出版统筹	陈继光
选题策划	大鱼文化
责任编辑	潘　媛
特约编辑	菜秧子
封面设计	刘　艳
内页设计	米　籽
封面绘画	花本惠
出版发行	贵州人民出版社（贵阳市观山湖区会展东路SOHO办公区A座 邮编：550081）
印　　刷	三河市华东印刷有限公司
开　　本	880×1230毫米 1/32
字　　数	190千字
印　　张	9
版　　次	2017年4月第1版
印　　次	2017年4月第1次印刷 2020年1月第2次印刷
书　　号	ISBN 978-7-221-14015-9
定　　价	39.80元